COPACABANA
A PRAIA DOS PRAZERES

Raphael Michael

COPACABANA
A PRAIA DOS PRAZERES

São Paulo 2008

Copyright © 2008 by Raphael Michael

Produção Editorial: Equipe Novo Século
Capa: Diego Fioroto
Editoração Eletrônica: Fama Editora
Revisão: Rogério Henrique Jönck

Dados Internacionais de Catalogação na Publicação (CIP)
(Câmara Brasileira do Livro, SP, Brasil)

Michael, Raphael
    Copacabana / Raphael Michael. — Osasco, SP : Novo Século Editora, 2008.

    1. Ficção brasileira I. Título.

08-06945   CDD-869.93

Índices para catálogo sistemático:
1. Ficção : Literatura brasileira 869.93

2008
Impresso no Brasil
Printed in Brazil
Proibida a reprodução total ou parcial.
Os infratores serão processados na forma da lei.
Direitos exclusivos para a língua portuguesa cedidos à
Novo Século Editora Ltda.
Rua Aurora Soares Barbosa, 405 — 2º andar
Osasco — SP — CEP 06023-010
Tel. (11) 3699-7107
www.novoseculo.com.br
atendimento@novoseculo.com.br

Esta obra é dedicada aos meus tios Renzo e Irijóe,
minha tia Sylvia e minha avó Emília.
Também gostaria de dedicar à Marcela,
meu anjo da guarda, e a Renato, um amigo
que mora em meu coração.
Sem ele este livro não teria existido.
Muito obrigado a todos!

"No Rio, capital do Rio de Janeiro, residem 40% da população do estado, que equivalem a 5,6 milhões de habitantes, distribuída em mais de 150 bairros. É a cidade brasileira que mais recebe turistas. Seus habitantes são chamados 'cariocas'. Conhecida mundialmente por suas belas praias, pela "Garota de Ipanema", pela geografia, bem como pelo Cristo Redentor e o Pão de Açúcar, a capital fluminense é um dos destinos preferidos de turistas do mundo inteiro. Copacabana é um dos bairros mais famosos da cidade do Rio de Janeiro. Localizado na zona sul da cidade, Copacabana tem uma bela praia em formato de meia-lua e é apelidada de "Princesinha do Mar" devido à sua era áurea nas décadas de 1930, 1940 e 1950. Bairro de boemia, glamour e riqueza, Copacabana deu origem a muitas músicas, livros, pinturas e fotografias, virando referência turística do Brasil".

Não fazia mais de uma hora que nosso avião havia pousado no aeroporto Internacional Tom Jobim, no Rio de Janeiro, vindo de Frankfurt.

Eu e um amigo de infância, do tempo em que ainda morava em Nuremberg, antes de ir à Universidade de Medicina, estávamos completamente empolgados e dispostos a conhecer o tão chamado "paraíso" brasileiro.

Confesso, desprovido de toda e qualquer vergonha, que o turismo sexual foi um dos motivos que nos impulsionou a lançar mão da viagem. Queríamos conhecer as belas mulatas e seus rebolados.

No aeroporto fomos recepcionados por sorridentes mulheres que, vestindo um colar havaiano, nos davam as boas-vindas. Tudo cortesia do prefeito da cidade, na época, um homem chamado César Maia ou Conde. Não me lembro ao certo.

De lá, pegamos o primeiro táxi que vimos pela frente. Ele não tinha o aspecto vultoso e luxuoso dos Volkswagens alemães. Entretanto, não deixava de ser confortável.

Em inglês — nossa única forma de comunicação — avisamos que estávamos indo para um hotel localizado no bairro de Copacabana. Do bolso, tirei um papel com o endereço. Tínhamos uma reserva para sete dias. Sete dias que esperávamos ser de grande prazer.

— Copacabana é um pouco longe — explicou o taxista, depois de ter, atenciosamente, nos ajudado a guardar as malas. — Mas vou fazer um preço amigável para vocês. Cem dólares — continuou, em um inglês meio enrolado.

— Cem dólares? — meu amigo perguntou para mim, em alemão. — Não está um pouco caro?

Dei de ombros. Eu pouco sabia sobre as tarifas de táxi e qual a distância exata de Copacabana. Um pouco mais informado, saberia que deveria ter pego um táxi em uma das empresas que forneciam o serviço dentro do aeroporto e cobravam uma tarifa única. Infelizmente só dias depois, logo ao conhecer um amigo brasileiro, viríamos a saber como nos livrar de tais intempéries.

— Só temos euro — respondi, checando minha carteira.

— Sem problemas. Servem cem euros.

— Cem euros são bem mais do que cem dólares.

O motorista balançou a cabeça para o lado, contraindo os lábios.

— Vocês não têm nenhum real? — questionou, fazendo menção à moeda local.

— Infelizmente não — interveio meu amigo.

— É que as casas de câmbio cobram um ágio muito maior para trocar euro do que dólar. Sabe como é, estamos no Brasil.

Eu e meu amigo nos entreolhamos e concordamos com o aparente simpático motorista.

— E vocês ainda deram sorte — contou, gabando-se de uma falsa honestidade. — Há taxistas que não fecham o preço fixo no aeroporto.

— E por qual motivo? — eu quis saber.

— Ficam dando volta na cidade. Eles ligam o taxímetro — discorreu, apontando para um aparelho à sua frente — e ficam dando volta na cidade. Volta. Volta — continuou, rodando a mão em círculos.

Tenho que ser sincero: o motorista nos fez acreditar que ele realmente dizia a verdade. E nossa falta de malícia não nos fez lembrar — no momento — que enganar turistas não era um costume só do Brasil, mas de todas as pessoas das grandes cidades subdesenvolvidas, que sempre buscam uma forma de explorar europeus, asiáticos ou norte-americanos, cidadãos que eles julgam ter um maior poder aquisitivo. O que também não é uma total inverdade.

Bem, entre um assunto e outro, com uma comunicação precária em inglês, seguimos para Copacabana.

No meio do caminho ele relatou que estávamos passando pela "red line" ou "linha vermelha". Uma rodovia de acesso, considerada uma das mais perigosas de todo o Rio de Janeiro, justamente por passar entre duas grandes favelas: uma em cada lado.

— Sempre há tiroteio — ele nos assustou um pouco. — Infelizmente é o único caminho.

— Tiroteio da polícia com os traficantes? — indagou meu amigo, Mathias.

O motorista riu com descaso. Não descaso com a pergunta, e sim, com a situação da cidade.

— Tiroteio entre traficantes. De cada lado — disse, apontando para a paisagem — há uma facção rival. Eles trocam tiros entre si.

Apavorante. Para nós, estrangeiros. Tinha a certeza de que aquilo era algo com que os brasileiros tinham que conviver, e acabara se tornando parte de seu dia-a-dia. Mas para outros povos, com uma cultura atual mais pacífica, era — e ainda é — muito difícil de entender uma guerra civil, travada entre traficantes, policiais e milícias (grupo de ex-policiais, que tomaram algumas favelas).

Entre os problemas que víamos pela CNN ou BBC, sabíamos que o problema principal do Rio de Janeiro era um que se mostrava sem solução: o tráfico de drogas.

A classe média — grande consumidora de drogas convencionais e sintéticas — era quem impulsionava o tráfico, e desta forma, armava e dava força às facções e favelas. As mesmas que desgraçavam a imagem de uma cidade tão bela e um povo tão sofrido.

"RIO DE JANEIRO (Jornal O Dia) — Rio tem um ataque a turista a cada duas horas".

"RIO DE JANEIRO (Jornal O Globo) — Em 5 de janeiro, dois americanos pegaram um táxi no aeroporto e foram abordados por outro táxi com quatro bandidos. Pertences e documentos das vítimas foram levados, depois de elas terem sido rendidas no Elevado da Perimetral. Em 20 de janeiro, 33 ingleses foram assaltados no Aterro do Flamengo, pouco mais de uma hora após o desembarque no Rio para uma temporada de sete dias. O grupo, formado por turistas que viajam por todo o mundo para assistir a corridas de cavalos, teve o ônibus, que os levaria do Aeroporto Internacional ao Copacabana Palace, interceptado por volta das 23h, na saída da Perimetral. Em maio, dois estudantes universitários japoneses foram assaltados logo depois que desembarcaram no Aeroporto Internacional Tom Jobim. O crime ocorreu na Linha Vermelha na altura de São Cristóvão. Os dois estavam num táxi com um colega americano quando quatro homens armados, que estavam num Audi A3 preto, renderam o grupo. Na noite de 13 de outubro de 2006, doze chineses vindos da cidade de Fuging foram assaltados na Lagoa, pouco depois de desembarcar no Aeroporto Tom Jobim. Em janeiro, seis turistas croatas e alemães foram assaltados por quatro homens armados de pistola, na saída da Linha Vermelha, em São Cristóvão,

logo após desembarcarem no Aeroporto Internacional Tom Jobim. O grupo seguia para um hotel, pela Linha Vermelha, em um táxi, quando, por volta das 5h, foi abordado por quatro assaltantes armados de pistola, ocupantes de um Meriva".

O táxi estacionou em frente ao suposto Hotel, subindo com as duas rodas sobre a calçada.

— Chegamos — avisou o motorista, nos observando pelo retrovisor.

Tal lugar não nos era familiar. Aliás, nada poderia parecer familiar em uma cidade na qual eu nunca havia estado. Apenas esquinas desertas e ruas mal iluminadas. Ao mesmo tempo em que pagava a quantia acertada, perguntava-me onde estava o *glamour* e a fama do Rio de Janeiro. Até então tudo que tinha visto eram mistos de miséria e desespero.

Parados em um sinal de trânsito, eu e meu amigo tínhamos nos espantado com um jovem que bateu à janela. Primeiro pensamos tratar-se de assalto, mas logo em seguida notamos que era apenas alguém lutando para sobreviver em um país tão desigual. Do retrovisor dianteiro, podia-se ver três garotos. Podiam ser malabaristas ou artistas das ruas de Paris, com a ressalva da pobreza. O trio — sem camisa e descalço — usava apenas um *short*, o que não deveria protegê-los da anormal, mas baixa temperatura de fevereiro. Por incrível que pareça, Rio de Janeiro não tem apenas praia e calor. Há chuvas torrenciais, como a daquela noite, quando três rapazes, equilibrados um em cima do outro, jogavam limões para o alto.

Mathias cogitou a hipótese de dar uma quantia em dinheiro, mas foi rapidamente dissuadido pelo motorista.

— Não dê esmolas para estas crianças — advertiu, não conseguindo encontrar uma definição em inglês para a palavra esmola. — Assim eles nunca sairão das ruas — continuou, apontando para o sinal verde e arrancando com o carro.

De volta à realidade, ao presente e ao hotel, saltamos do carro em direção ao porta-malas. Foi o momento em que percebemos que o táxi começou a se movimentar rapidamente. Cada vez mais rápido. Até descer os dois pneus da calçada, como em uma arrancada, e sumir pelo horizonte.

— Corra Mathias! — berrei, no instinto de ainda alcançar o motorista com todas as nossas malas.

Mal percorremos cem metros e desistimos. Olhando ao redor, notávamos pessoas caminhando normalmente, como se nada de anormal tivesse acontecido.

Felizmente o motorista nos deixara realmente no Hotel combinado. Na entrada, ofegantes pela corrida e pela chuva, encontramos o primeiro funcionário.

— Já era — ele disparou, antes mesmo que pudéssemos pedir por qualquer ajuda.

— Tudo o que tínhamos estava naquelas malas! — falou Mathias, controlando o choro. — Temos que ir à polícia!

— A delegacia fica a dois quarteirões. Mas um conselho — ele falou, pegando Mathias pelo ombro e o tirando da chuva — não vai adiantar muita coisa.

Foi o momento em que tive raiva do Brasil. Do povo brasileiro. Como um homem poderia fazer tal tipo de coisa? Quanta falta de ética e imoralidade. Imoral como nós, que havíamos viajado mais de vinte horas atrás das belíssimas garotas. Sem ética como em qualquer outro lugar do mundo, em que se faz normal um taxista mal-intencionado enganar turistas. Entretanto, um episódio isolado não poderia macular toda uma população, todo um grupo de trabalhadores. Lembrei-me de um fato ocorrido há anos, no aeroporto de Toronto, no Canadá, onde um taxista paquistanês havia feito o mesmo com meus pertences. É claro, não fiquei irado com o país — pelo fato dele ser desenvolvido — ou com os taxistas em geral. Ative-me ao taxista. Paquistanês.

Pessoas do terceiro mundo podem — e devem — mesmo subconscientemente, ver o turista estrangeiro privilegiado e cheio do dinheiro, o que às vezes pode não ser verdade.

Discorrendo tais coisas em minha cabeça, tentei me livrar do sentimento de fúria, de raiva e rancor. Porém, Mathias estava disposto a encontrar a pessoa, de qualquer forma. Sua indignação fez o funcionário ligar para a patrulha de polícia e comunicar o ocorrido. Do outro lado da linha, o mesmo funcionário explicou, em português, as características do motorista.

— É melhor os senhores irem para o quarto e dormirem — falou, ao término da conversa com o policial.

— Eu não vou dormir... — a fala de Mathias foi contida por mim, que comecei a falar rispidamente em alemão com ele.

— Vamos fazer o que este rapaz está falando. O taxista não levou nosso dinheiro nem os documentos. Podemos comprar roupas novas amanhã. O que perdemos não fará falta para nós.

— Mas isso não lhe dá o direito de roubar os outros!

Fazia sentido. Tudo fazia sentido. Ambos os lados. — Estamos aqui para nos divertir. É isso que queres ou voltaremos para a Alemanha agora? — concluí, sendo direto e claro.

Mathias dissentiu com a cabeça, mordendo seus furiosos lábios. Não era isso que queria. A partir de agora tomaríamos mais cuidado. E pronto.

— E não tomem cuidado apenas com os bandidos — advertiu outro funcionário que carregava nossas malas, em tom jocoso.

— O que queres dizer com isso? — perguntei confuso.

— Vocês descobrirão. De resto, há muita coisa boa espalhada pelo Rio de Janeiro. Muita — concluiu, chamando pelo elevador.

Tomei uma ducha rápida, despi-me pela falta de roupa e deitei no quarto escuro, com vista para a famosa Avenida Atlântica. Era admirável. A entrada do hotel se dava por uma rua paralela. Mal poderia imaginar que seu visual poderia ser tão magnífico. De longe, conseguia ver o Corcovado, um dos pontos turísticos mais famosos de toda a cidade. Mathias, ainda muito nervoso, pouca importância dava à beleza. De olhos fechados, apenas escutou o interfone do hotel tocar. Voando em sua direção, pude ver seu semblante mudar. Da mais profunda indignação à alegria.

— Pegaram o taxista! — ele gritou, batendo palmas.

— Onde?! — quis saber, saindo da janela e correndo até a cama.

Já de pé, Mathias recolocava sua roupa. — Estão nos chamando na delegacia! Você acredita?!

Sinceramente, eu não acreditava. Não acreditava que a polícia do Rio fosse tão eficiente.

"Apenas no Carnaval o contingente da polícia do Rio de Janeiro conta com mais de trinta mil policiais militares — de atuação preventiva — e três mil policiais civis, de atuação repressiva. São empregadas também duas mil viaturas, duzentas motos, dois helicópteros e quatro embarcações. Só o número de policiais militares femininas é — hoje — de aproximadamente 1.500 (531 Oficiais e 911 Praças), que lutam com unhas e dentes na defesa da sociedade carioca. Em operações policiais, na administração, no trânsito, na saúde ou participando de programas com a comunidade, a mulher conquistou com invulgar competência, perseverança e elevado senso de profissionalismo o seu lugar de destaque na Corporação". (Dados da Secretaria de Segurança Pública)

Foi ele quem assaltou os senhores? — indagou o policial, apontando para um rapaz branco, de meia idade, que vestia roupas humildes, molhadas pela chuva.

Mathias deu logo a negativa, apontando para o outro lado da delegacia, onde o taxista estava em frente a uma mesa.

— Foi ele! — falou em alemão.

Pedi calma a Mathias, explicando todo o acontecido ao policial. Perdido entre meus pensamentos, não pude perceber meu amigo voar em direção do taxista, agarrando-o pelo pescoço e o jogando ao chão.

— Você pensa que nós estrangeiros somos idiotas?! — dizia em voz alta, ao passo que era contido pelos policiais.

Fiquei a meia distância da briga, todavia pude notar sérias marcas de agressões — não só no rosto — mas em todo o corpo do taxista. Sem dúvida, não fora Mathias. Não tivera tempo de fazer tais escoriações graves.

— Se acalmem! — exigiu o delegado, apontando a arma para Mathias. — Este homem foi vítima de um seqüestro!

— Ele nos roubou! — relatou Mathias.

— Eu não roubei ninguém — explicou o taxista, com o olho esquerdo bem inchado.

Mathias questionou ao taxista se ele não tinha saído em disparada com o veículo, e nos deixado sem nossas malas.

A resposta surpreendeu a todos. Confesso que, raras vezes, eu tive um sentimento de culpa e remorso tão grande. Eu o havia condenado pelo simples fato de ser brasileiro. Pobre. E taxista. Como disse; se fosse a qualquer outro país, nunca colocaria a culpa na população ou na nação, e sim no caráter individual de cada cidadão.

— Os senhores saltaram do carro e aquele meliante — falou, apontando para o rapaz — me rendeu com uma pistola. Tentei arrancar com o carro, mas fui abordado por mais dois, no semáforo adiante.

— Mentira — replicou Mathias, ainda incrédulo.

— Ele diz a verdade — falou o policial, ao sair de uma porta da delegacia com outro meliante a seu lado. — Não conseguimos pegar um. Mas eles confessaram o assalto e a versão do taxista.

Mathias não sabia o que dizer. No fundo não tinha o que dizer. Nada além de sinceras desculpas. Ainda não tinha me esquecido do exorbitante preço cobrado para nos levar ao aeroporto. Todavia, isso não fazia do motorista um assaltante. Infelizmente, faltou coragem ao meu amigo para pedir desculpas. Ao contrário, perguntou onde estariam nossos pertences. Em seguida, comprovamos — com documentos e com a passagem de avião — a propriedade das malas.

O funcionário do hotel que nos acompanhou à delegacia do turista prestou grande ajuda com tudo, nos ajudando com as malas, com a tradução (apesar de os policiais também falarem um pouco de inglês) e com o táxi de uma cooperativa que trabalha para o hotel.

— Sempre peguem táxis de cooperativas e dificilmente terão problemas — dizia, enquanto deixávamos a delegacia para trás. — E nunca saiam com muito dinheiro no bolso. A maioria dos lugares aceita todos os tipos de cartões de crédito. Se alguém vier assaltá-los, pelo amor de Deus, entregue tudo. Você nunca vai saber ao certo se o bandido está armado, ou se a arma está carregada. Uma vida vale mais do que alguns punhados de dólares ou euros.

Na porta do hotel, senti-me compelido — por gratidão — a dar uma boa gorjeta ao receptivo e caridoso funcionário, que, apesar de cumprir sua função, nos deu bons conselhos. Tirando uma nota de cinqüenta euros do bolso, dei a ele, que recusou. Insisti duas vezes, dizendo que ficaria extremamente triste, caso ele não aceitasse, até finalmente persuadi-lo de que ele merecia tal dinheiro.

Feliz, ele nos contou que estava deixando o seu "turno", mas que nos veria no dia seguinte. Ao se despedir, disse seu nome: Antônio.

— Estou à disposição para o que precisarem — falou, apertando nossas mãos. — Espero que tenham uma boa noite de sono.

Nós teríamos. E acho, que ele também.

"A Comissão Econômica para América Latina e Caribe (Cepal) demonstrou que 15 milhões de pessoas na América Latina saíram da linha de pobreza e outras 10 milhões deixaram de ser indigentes. Hoje, são 194 milhões de pobres na região, o número mais baixo dos últimos 17 anos. O Brasil registrou redução da pobreza, entre 2002 e 2006, de 4,2 pontos percentuais, de acordo com a Cepal. O órgão da ONU considerou, no estudo, família pobre aquela com renda de até R$ 240 por pessoa, e indigentes, a metade desse valor. O salário mínimo do Brasil é de R$ 380 reais, sendo que a maioria não ganha a metade disso. Só a cesta básica (alimentos essenciais para a sobrevivência) na região sudeste do Brasil (a mais desenvolvida) ultrapassa os R$ 170 reais. A maioria dos brasileiros pobres estudam nas decadentes escolas públicas, ao passo que os ricos cursam as melhores universidades — que por incrível que pareça são públicas e gratuitas. A explicação é que apenas um jovem de boa escolaridade é capaz de passar no difícil vestibular para admissão nas universidades do governo federal ou do estado. Somente no Estado de São Paulo (o maior do país) são 200 mil crianças sem acesso à escola. Já a saúde pública brasileira é considerada uma das piores do mundo. Além da falta de equipamentos e profissionais especializados, os cidadãos ainda têm que contar o descaso das enormes filas para uma simples consulta médica".

Você ficou maluco? — Luiza não acreditava no que estava acontecendo. Antônio a levara para jantar em uma dos restaurantes mais caros de Bento Ribeiro, um dos bairros pobres do Rio, localizados no subúrbio e famoso por ser o local onde o famoso jogador de futebol Ronaldo nasceu. — Como vamos pagar a conta? — ela dizia, admirando o cardápio, com alguns preços exorbitantes para o seu padrão social.

Antônio explicou que havia ganho uma boa gorjeta de dois turistas alemães mais cedo, e como os ajudara, contando detalhes do assalto.

— Cinqüenta euros são quase cento e quarenta reais, amor — ele dizia. — E além do mais, nós merecemos um pouco de luxo, não acha?

Verdade. Luiza e Antônio tinham três filhos. O caçula deles, Roberto, nascera com asma e desde cedo precisara de cuidados médicos, o que era um verdadeiro pesadelo. Uma vez por mês Luiza — ou algum parente — tinha que dormir na fila de algum posto de saúde, fosse para pegar a ficha do atendimento ou um medicamento qualquer, quando tinha disponível, é claro. Carlos, o filho mais velho, estudara a vida inteira em escolas públicas, e agora, não conseguia ser admitido em nenhuma Universidade Federal. Por sorte, conseguira um bom desconto em uma particular, mas para conseguir pagar, tinha que trabalhar durante dois turnos. Já Miriam, a filha do meio, sumira há alguns anos de casa. Antônio ouvira dizer — de alguns amigos — que ela começara a se prostituir primeiro na Avenida Atlântica, em Copacabana, e depois em uma terma, no Centro do Rio. Todas as noites ele rezava para não esbarrar com a filha. Não sabia qual seria sua atitude.

O jantar se estendeu por algumas horas. Antônio não teve a insensatez de gastar todo o dinheiro. Guardou o bastante para comprar o remédio do filho.

— Estou farta. — Luiza falou, levando a mão à barriga. — Nunca comi tanto e tão bem na minha vida — continuou, acariciando o rosto de seu amado, que sorriu.

— Estou feliz por você estar feliz. Sua felicidade me completa — falou, segurando suavemente sua mão, e beijando sua testa.

Os dois esperaram quase meia hora por um ônibus de volta para casa, que não ficava muito longe, mas fazia-se perigoso andar pelas ruas vazias àquela hora da noite.

Lá chegando, encontraram todos dormindo e a velha televisão ligada. Entre chuviscos, Antônio viu que ainda passava uma novela, favorita dos brasileiros. Em seguida viria um filme norte-americano. Como seria estar nos Estados Unidos? Pensou. Talvez lá a vida fosse mais fácil. Quem sabe. Mas, mesmo assim, as pessoas reclamariam. Mesmo assim.

> *"O Brasil tem atualmente quatro grandes portas de entrada de contrabando. Todas estão na divisa do país com o Paraguai, sendo a principal delas na divisa entre as cidades de Ponta Porã (MS) e Pedro Juan Caballero, que têm uma fronteira seca vulnerável de 600 quilômetros de extensão. Só com os milhões de maços de cigarros com valor unitário abaixo de R$ 1 que cruzam a fronteira pelas cidades de Ponta Porã, Mundo Novo, Guaíra e Foz do Iguaçu, os cofres públicos deixam de arrecadar R$ 1,3 bilhão por ano em impostos. Por essas quatro portas de entrada do contrabando passam 32,8 bilhões de cigarros, um negócio ilegal que movimenta R$ 1,8 bilhão anualmente. Já no setor de vestuário o prejuízo é de R$ 208 milhões, além da perda de 17 mil empregos".*

O dia seguinte amanheceu nublado. Então, eu e Mathias decidimos sair pela cidade, à procura de algo para fazer. Como meu amigo queria levar alguma lembrança para sua mãe, e nós queríamos comprar roupas cariocas, perguntamos ao recepcionista aonde poderíamos ir. Ele prontamente respondeu sem hesitação alguma: Uruguaiana.

O lugar ficava no centro do Rio e era como se fosse uma feira, repleta de lojas e mercadorias. Ainda segundo ele, em São Paulo, existia outro lugar parecido, chamado 25 de Março. Todos eles se relacionavam com o nome da rua onde ficavam.

Perto da Igreja da Candelária, do Tribunal de Justiça e de outros órgãos públicos, nos surpreendemos com a quantidade de mercadorias e seus baixos preços.

Prevenidos, não levamos dinheiro, o que nos trouxe outro problema: poucas eram as lojas que aceitavam cartões. Um dos vendedores nos dissera que a polícia federal passara uma semana antes e havia levado todas as máquinas. Agora, só em dinheiro. Mas com o dinheiro, poderíamos comprar tudo: de camisas Armani a vinte reais, a perfumes como Ralph Lauren a míseros cinco reais. Na promoção, claro.

Retornando ao hotel, quase que de mãos vazias, encontramos Antônio e comentamos aonde tínhamos ido e o preço das coisas.

— Tudo contrabando — ele respondeu, meneando a cabeça em sinal de reprovação.

Mathias já tinha levantado tal possibilidade no táxi, porém eu não levara muito a sério. Como poderia haver uma rua só de contrabando, à luz do dia, em torno de Tribunais de Justiça, Delegacias e carros da polícia? Impossível. Apenas no Brasil que não.

— Uma blusa Empório Armani, no Brasil, original, deve custar em torno de trezentos reais.

— Lá, dizia-se vinte — falou Mathias, sendo ingênuo.

— Na Uruguaiana, correto? Lá é tudo falsificado. A qualidade é péssima. Experimente lavar duas ou três vezes.

Perguntei o motivo de a polícia não se manifestar, o que fez Antônio rir com tristeza. — Estamos no Brasil. Infelizmente precisamos do mercado informal. Ele dá dinheiro. Além do mais, uma blusa Armani original custa o que custa pelo fato do Governo cobrar 60% de impostos sobre a mercadoria.

Cansado de falar sobre problemas, abreviei a conversa, buscando saber o que poderíamos fazer de bom à noite.

— Há dezenas de casa noturnas aqui em Copacabana. A melhor tem mais de trinta e um anos de existência. Somente tomem cuidado com as bebidas. Poderia dizer aos senhores que vivemos no país na falsificação. Até mesmo uma dose de uísque Red Label é falsificada. Eles colocam metanol. Pode ser perigoso e até mesmo levar à morte.

— Ainda bem que não bebo — brincou Mathias, mudando celeremente de assunto. — Mas... — continuou, abaixando um pouco o tom da voz. — Há garotas lá?

— Garotas?! Falou Antônio, abrindo os braços. — Por todas as partes. Boates e ruas! Se for isso que querem, vieram ao lugar certo. — Ao término da frase, uma sensação de mal-estar tomou conta dele. Apesar de estar apenas instruindo seus novos amigos, ele pensou em sua filha. Mais um objeto de diversão. Do turismo sexual.

"RIO DE JANEIRO (Reuters) — Passistas desinibidas tendem a despertar a libido de alguns turistas no Carnaval, mas as autoridades cariocas querem coibir esse ardor lembrando que nem todas as formas de sexo são consideradas legais na cidade. Preocupados com a criminalidade que cerca a prostituição e com a imagem do Rio como um importante destino do turismo sexual, promotores cariocas estão lançando uma campanha contra a exploração sexual e o uso de menores no comércio do sexo. A medida, que envolve a repressão policial a cafetões e bordéis, e também uma campanha de conscientização, coincide com o Carnaval, que começa no dia 20. Um de seus focos é o turismo. "O turismo sexual não é bom para a cidade", disse à Reuters a promotora de uma unidade especial do Ministério Público que combate o mercado do sexo e a prostituição infantil. Jovens usando camisetas com a frase "Exploração sexual é crime" vão distribuir panfletos a turistas pela cidade explicando que manter relações com menores de 14 anos pode render até dez anos de cadeia. "Vamos entrar em contato com todos os turistas que chegam ao Rio em aeroportos, no porto, em hotéis e mesmo durante os desfiles de Carnaval", disse a promotora. A lei brasileira não prevê a prostituição como crime, mas pune com um a cinco anos de prisão as pessoas que exploram essa atividade. Manter um bordel também é considerado crime. Melo disse que a polícia ficará especialmente atenta ao centro do Rio e às praias de Copacabana e Barra da Tijuca (zona sul), notórios pontos de

prostituição. "Esta operação não termina com o Carnaval. Ela vai continuar, com o objetivo de reduzir a prostituição e punir quem ganha dinheiro em cima de situações miseráveis que levam muitas mulheres a vender seus corpos", disse Melo. Uma representante especial da ONU disse em novembro que o problema da prostituição infantil e da exploração sexual no Brasil é pior do que na maioria dos outros países, por causa de uma sobreposição de pobreza, criminalidade e turismo. Organizações não-governamentais estimam que haja entre 100 mil e 500 mil crianças prostituídas no Brasil".

RIO DE JANEIRO (Jornal O Dia) — Rio — O número de roubos a turistas no período de 19 de abril a 19 de novembro de 2007 teve uma queda de 46% em relação ao mesmo período do ano passado, segundo o subsecretário estadual de Governo, coordenador da operação Copabacana. Em 2006, de acordo com o subsecretário, o número de roubos a turistas registrados no período chegou a 300, enquanto que, em 2007, com a realização da operação Copabacana, uma ação conjunta do governo do estado e da prefeitura, houve a redução. O objetivo da operação, segundo ele, não é reprimir a prostituição, mas coibir a prática de roubos e outros delitos como o tráfico de drogas e a prostituição infantil. Na noite desta sexta-feira, mais uma operação coordenada pelo subsecretário foi desencadeada visando o combate da desordem pública, focando também para o combate a produtos piratas, o acolhimento de menores em situação de riscos e da população de rua. A operação terminou na madrugada deste sábado e obteve um resultado satisfatório, conforme a avaliação do subsecretário. Segundo ele, foi identificado um aumento do número de prostitutas na orla, mas já há levantamentos sobre a infiltração de pessoas, cujo objetivo não é a prostituição e sim a prática de pequenos furtos, roubos a turistas e outros delitos praticados nas ruas de Copacabana".

Nunca vi tanta mulher em toda a minha vida! — Mathias estava em estado de êxtase. Ele pulava, tinha a fala e os passos acelerados e não conseguia esconder tamanha euforia. As Ruas de Copacabana, infestadas de garotas de programa, causariam desejos em pessoas ordinárias como nós, trabalhadores e donos de uma vida regrada. Parando para conversar com uma delas, que não falava inglês, podemos perceber certa disparidade em seu tom de voz.

— Vamos — falei para Mathias, puxando-o pelo braço.
— Warum?
— É travesti. Vamos!

Foi aí que percebemos que a orla tinha uma divisão. Em uma parte, no começo, ficavam as chamadas "bonecas" ou "travestis". À frente, próximas a uma boate chamada "Help", podia-se encontrar mulheres de verdade.

Nossa abordagem, em inglês, a uma mulata em frente a tal boate, foi bastante receptiva. Sua fluência não era das melhores, mas tivemos uma surpresa: ela falava alemão. Fluentemente.

Convidei ela e uma amiga para sentarem em um bar, ao lado da boate. Conversando, descobri que ela conhecera um alemão, anos atrás, na mesma praia de Copacabana. O alemão ficara apaixonado e a levara para morar na região de Colônia. Depois de três anos de casamento, os dois se divorciaram.

Ainda segundo a moça, que não deveria ter mais de trinta anos, ele ficava bastante agressivo quando bebia.

O papo não estava entediante. Não para nós. Mas comecei a notar a inquietação por parte das duas, que queriam logo combinar o preço do chamado "programa". Antônio, antes de deixar o hotel, me alertara a respeito de uma máxima na praia de Copacabana: se for para turista, tudo é três vezes mais caro.

Ela me cobrou seiscentos reais por duas horas, o que considerei absurdo.

— *Was?!* — questionei surpreso.

— Ou é, ou não é.

— *Nett, Sie zu treffen* (Prazer em conhecê-la) — falei, estendendo a mão para um aperto de despedida.

Furiosa, ela se pôs de pé, chamou a amiga e logo se afastou de nós.

— Seiscentos reais — disse a Mathias, rindo. — Será que todos pensam que somos idiotas?

— Elas pensam que nós temos mais dinheiro. Apenas isso.

— Faz sentido.

Retornando às ruas, conversamos com mais algumas garotas, mas nenhuma atraiu muito nosso interesse. Decidimos então conhecer um clube onde poderíamos encontrar mais garotas.

À porta encontramos um senhor engravatado, que nos avisou o preço. Sessenta reais de entrada, com direito a duas bebidas nacionais ou uma importada. Pelo menos, ainda pelos conselhos de Antônio, a casa tinha um preço fixo — para todos — de entrada. O único problema era que eles colocavam coisas a mais na conta dos freqüentadores, para incrementar o pagamento. Tínhamos que tomar cuidado, porém estávamos preparados.

Fomos levados até uma mesa, de frente para o palco, onde uma loira — nua — dançava. De cortesia, ganhamos um pote com amendoim, que segundo a cultura local, era uma espécie de afrodisíaco.

Pedimos as doses que tínhamos direito e não demorou a sermos abordados por duas morenas muito bonitas.

Usando pseudônimos, uma se apresentou como Carla, e a minha, como Marcela. O inglês das duas não deixava a desejar. Marcela me contou que elas tinham um professor particular. Um professor que prestava serviço às garotas da casa. Seu nome era Philip e se tratava de um inglês erradicado no Brasil. Realmente aprender o inglês era um fator essencial para os "negócios".

Fechamos um acordo de trezentos reais cada. Metade do preço que a outra tinha cobrado. Elas nos falaram que havia um motel próximo dali, que cobrava cento e setenta reais por um quarto, mais uma taxa de 10%, caso o pagamento das garotas fosse feito em cartão. Concordamos e depois de algum tempo bebendo, decidimos sair.

Chegando à porta, tivemos uma surpresa. Teríamos que pagar sessenta reais para cada garota poder deixar a casa. Eu havia lido em alguma revista de turismo que a prostituição não era considerada crime no Brasil. Todavia tal cobrança me parecia uma taxa ilegal. Um crime. Mas cá entre nós, um turista de férias no Brasil não está preocupado em fazer valer a lei. Pagamos o tínhamos que pagar e seguimos para o motel.

As duas moças eram muito simpáticas e educadas. Conversamos mais um pouco até chegarmos. Descobri que Carla estava no 2º período da faculdade de Letras, ao passo que Marcela ainda procurava o que fazer.

No motel, foi tudo maravilhoso. Confesso que me senti um pouco profano. De criação evangélica, meu pai até mesmo nos proibia de levar nossas mãos ao pênis, dizendo que se tratava de um pecado gravíssimo. Senti-me tão profano quanto me sentia quando colocava minhas roupas para lavar, para a empregada dos fins de semana. Nós — uma família enorme — tínhamos duas empregadas; algo incomum na Alemanha, mas bem usual no Brasil, onde as pessoas vêm do morro para trabalharem na casa das pessoas mais favorecidas financeiramente. Mas, retornando à nossa empregada de final de semana, eu nunca tinha gostado dela. E ela sabia disso. Por isso, deixava todas as roupas para o sábado de manhã, e num prazer, mórbido, saboreava-me ao vê-la fazer tudo com a pior má vontade do mundo.

— *Wundervoll* (Maravilhoso) — falei ao término do programa, muito satisfeito.

Marcela me deu seu telefone e disse que poderíamos nos encontrar, fora da boate, onde eles cobrariam novamente. Ela me deu um último beijo e disse que tinha gostado bastante de mim. Eu não era bobo o suficiente para acreditar naquelas palavras; mas sentia um pouco de sinceridade. Ao contrário de muitos turistas, que maltratam as garotas, eu a havia tratado com respeito; e achava que tinha ganhado pontos com isso.

Terminado nosso "programa", esperei Mathias no saguão. Ele desceu com cara de poucos amigos. Aguardávamos o táxi na recepção, quando ele me disse: não gostei.

— Não gostou? — falei, contraindo minha sobrancelha.

— Sabe — disse, colocando as mãos no bolso. — Depois de terminar, me sinto repugnante. Parece uma espécie de negócio. De contrato.

— Mas é um contrato.

Meu amigo ficou em silêncio. Percebi que ele não estava muito bem. Porém, o que dizia não deixava de ser a verdade. Nós éramos o contratante, e as mulheres, o objeto do contrato. Nada mais do que triste. Nada além de satisfazer a lascívia animal humana.

"O tráfico no Rio de Janeiro se divide em três facções principais: o Comando Vermelho, o Terceiro Comando e o ADA (Amigo dos Amigos). O tráfico teve início com a Falange Vermelha, que viria a se tornar o atual Comando Vermelho. Seu fundador, Rogério Lemgruber, deu início ao movimento no Instituto Penal Cândido Mendes, com a ajuda de outros companheiros de cela. Eles lutavam contra as condições degradantes do local. A principal favela do Rio, chamada Favela da Rocinha, é também a que mais lucra com a venda de drogas, entre elas a cocaína. Estima-se que o lucro chegue a cinco milhões mensais. É a classe média do Rio a grande financiadora de todo este movimento que acabou por tirar a paz e a tranqüilidade de turistas e moradores. Incursões em favelas e bairros pobres são normais, assim como o alto índice de mortalidade por balas perdidas. Seus moradores, sem condições de se mudarem, acabam tendo que atender as regras do tráfico, chamado por muitos de poder paralelo. O próprio ex-presidente da República Federativa do Brasil, Fernando Henrique Cardoso, desabafou: se há tráfico e contrabando de drogas é porque há quem consome [...] esse é um problema da classe média. Quem usa droga é o rico, não é o pobre. Esta é uma questão que não só o governo tem de enfrentar".

Antônio teve uma desagradável surpresa ao chegar a casa na manhã de quarta. Encontrou seus dois primos, que moravam no morro da Mangueira, sentados no sofá. Relatando a história, ele descobriu que os dois tinham sido expulsos da favela, por terem delatado um traficante local. Por sorte, não acabaram sendo mortos.

— Em casa de pobre sempre há lugar para mais um — brincou Antônio, acomodando os dois em um dos quartos da casa. — É pouco, mas é o que temos — completou, dando dois pequenos colchões aos primos, que ficaram extremamente felizes.

Na cozinha, Luiza chamou Antônio para uma conversa. Do bolso, tirou um papelote de Ecstasy e mostrou ao marido.

— Onde você achou isso? — surpreso Antônio sabia que era um tipo de drogas, mas não qual era.

— No armário de Claudinho — disse, usando o apelido do filho mais velho. — Acho que ele está vendendo drogas.

— Vendendo drogas?! — falou Antônio, batendo com a mão no armário de parede e encostando sua cabeça no braço. — Claudinho nunca se envolveu com nada do tipo!

— Acho que é para pagar a faculdade. Ele deve estar pegando na comunidade e distribuindo para os amigos da faculdade — falou Luiza, não deixando escapar as lágrimas dos olhos. — Você tem que conversar com ele.

— Conversar e dizer o quê?! — berrou.

— Fale baixo!

— Quer que eu diga: sua irmã é uma prostituta, seu pai ganha um salário mínimo, seu irmão não vai conseguir vaga na escola esse ano e você é traficante?! Estou farto de problemas! Farto!

— Meu Deus! — Luiza se colocou em posição de cócoras, começando a chorar copiosamente.

Irado, pouca importância Antônio deu para a esposa, saindo pela porta de casa e caminhando até o bar na esquina, onde pediu um copo de cerveja.

— Voltou a beber? — Seu Lucas, o dono do bar, sabia que Antônio largara do vício há alguns anos, depois de freqüentar as reuniões dos Alcoólicos Anônimos.

— Só assim a vida faz algum sentido, Seu Lucas. Só assim a gente consegue ser feliz — falou, tomando um enorme gole na cerveja.

"Em uma pesquisa realizada pelo Jornal O Globo, 53% dos cidadãos acham impossível acabar com a corrupção policial no Rio de Janeiro. Dizem que o problema não tem solução. Segundo o secretário de Segurança Pública a corrupção é uma doença, "um câncer que destrói a honra e a dignidade da tropa. Um policial militar no Rio de Janeiro não chega a ganhar 600 reais por mês, ao passo que um policial civil ganha em torno de 1.200, sem descontar os impostos pagos (tendo em vista que o Brasil é o país em que mais se arrecada em imposto e menos se faz). Em outra pesquisa do mesmo jornal, 63% da população afirma já ter subornado ou vir a pagar propina a um policial".

"RIO DE JANEIRO (Jornal O Globo) — PM's são suspeitos de extorquir dinheiro de turistas. Segundo turistas, policiais estavam fardados. Vítimas contaram que foram extorquidos em cerca de R$ 4 mil e um aparelho de mp3. Dois policiais militares são suspeitos de extorquir dinheiro de dois turistas americanos na madrugada desta quarta-feira (25). Segundo os turistas — que trabalham na polícia americana, em São Francisco, Califórnia —, os policiais estavam fardados no momento em que os abordaram. Os PM's seriam do 19º BPM (Copacabana). Os turistas contaram que saíam de uma boate em Copacabana, na Zona Sul do Rio, quando os policiais os pararam procurando drogas. Depois de revistarem e não encontrarem nada, os policiais teriam exigido dinheiro para liberar os dois. Um

dos turistas contou na delegacia que enquanto o colega foi buscar dinheiro no quarto em que estavam hospedados, os PM's o teriam ameaçado. De acordo com os turistas, os policiais levaram US$ 1.800, R$ 800 e um aparelho de mp3. Na delegacia, os turistas aguardaram desde as 13h por um álbum com fotos de policiais do 19º BPM. Os turistas se mostraram com medo de possíveis represálias. O álbum com as fotos chegou ao final da tarde. Dois oficiais da Polícia Militar e dois da polícia judiciária acompanharam as investigações na Delegacia de Atendimento aos Turistas (Deat), no Leblon, na Zona Sul".

"FEDERAÇÃO NACIONAL DOS POLICIAIS FEDERAIS — *Nos últimos 26 meses, foram expulsos da corporação 483 PMs. Nas recentes extorsões praticadas contra turistas, além de os suspeitos agirem na mesma área e de serem policiais do 19º BPM (Copacabana) e do 23º BPM, também abordaram suas vítimas de maneira semelhante: alegando ter descoberto um cigarro de maconha perto delas. Investigadores suspeitam da atuação de uma quadrilha na orla, organizada por PMs para forjar flagrantes. Eles teriam como cúmplices prostitutas, que jogariam os cigarros de maconha perto dos turistas, e taxistas, que levariam as vítimas para áreas onde há blitzes. O primeiro registro este ano ocorreu na noite de 14 de janeiro, com um americano. Ele embarcou num táxi em Copacabana, com três amigos, em direção ao Hotel Sheraton, onde estava hospedado, quando foi abordado por três PMs na Avenida Niemeyer. O turista contou que um dos policiais, por meio de gestos (ele não falava inglês), pediu R$ 400. Como só tinha R$ 395 no bolso, a vítima entregou essa quantia. No dia seguinte, outro americano foi alvo de extorsão. Ele* *disse que foi parado por uma mulher em Copacabana, que lhe pediu um cigarro. Em seguida, uma dupla de policiais o acusou de ter jogado uma guimba de cigarro de maconha no chão. Os PM's sugeriram que ele pagasse R$ 3 mil, mas o americano deu mil reais que tinha na carteira. Um dos casos mais emblemáticos ocorreu em 23 de janeiro, quando dois americanos se viram cercados por dois PMs, que lhe apontaram fuzis, às 20h30m, na Rua Aires Saldanha, também em Copacabana. Acusando os turistas de estarem com maconha, eles os algemaram e ameaçaram levá-los a uma delegacia, onde as vítimas teriam de pagar uma multa de US$ 30 mil. Para se livrar dos PMs, os americanos deram US$ 600 e R$ 800. Em 7 de fevereiro, um grego contou que estava no calçadão da Avenida Atlântica, por volta de 2h, quando um desconhecido lhe ofereceu um cigarro de maconha. Como o turista recusou a oferta, o desconhecido jogou o cigarro no chão, ao seu lado. Nessa hora, dois PM's apareceram e exigiram dinheiro. A vítima sacou R$ 2.600 de caixas eletrônicos. O turista não está livre de extorsão nem na hora de pedir informações. Em 19 de fevereiro, um americano que dirigia na Linha Vermelha, na companhia de três amigos estrangeiros, às 13h15m, ficou perdido e pediu ajuda à polícia. Os PMs ordenaram que todos saíssem do carro para revistá-los. Como o americano estava sem a habilitação, um dos policiais teria exigido dinheiro para liberá-lo. O registro não informa o valor extorquido. Em 21 de março, foi a vez de um casal de turistas ingleses. Um taxista, depois de percorrer um longo caminho com eles, levou-os para a cabine da PM da Rua Barão da Torre, em Ipanema. Lá, os policiais exigiram R$ 5 mil, acusando-os de estar com as drogas. As vítimas deram R$ 1.500. O outro* *caso ocorreu no Centro, em 2 de maio, tendo como vítima um músico americano. Os PM's teriam ficado com R$ 300".*

Nós acordamos finalmente em uma manhã de sol a pino. Minha cabeça ainda doía um pouco; reflexo da noite e das doses de uísque e cerveja que tinha tomado no dia anterior. Muito sincero, digo que nem consegui me lembrar da advertência de Antônio ou dos perigos das chamadas bebidas "batizadas". Do meu lado, Mathias exprimia algum xingamento em alemão, tendo em vista que eu o impulsionara à bebida, hábito que meu amigo sempre deixara bem longe de sua simples e regrada rotina. De certo, sua cabeça doía bem mais que a minha.

— *Guten Morgan!* — saudei-o, saltando da cama e indo direto para o chuveiro, onde cantarolava uma conhecida canção alemã. — Vamos à praia, meu amigo! — gritava, empolgado. — Finalmente, Copacabana!

A praia de Copacabana continua sendo a mais famosa de todo o Rio. Tem areia branca e fofa. Há também no costão ao pé do Morro o movimentado Caminho do Pescador, utilizado para arremesso e pesca. A praia vai da Avenida Princesa Isabel até o Forte, e tem inúmeros campos de futebol, vôlei e uma modalidade pouco conhecida no estrangeiro chamada: futevôlei. Uma espécie de futebol, que não é futebol. E vôlei, que não é vôlei. Como era uma área extensa, nós teríamos que nos informar sobre a melhor localização para se entrar no mar. Havia lido tudo isso em meu pequeno guia de bolso, com o acréscimo de que o famoso calçadão de Copacabana tinha sido projetado por Burle Marx, um dos maiores paisagistas do nosso século. Além de todas essas informações, constava que as ruas do bairro abrigaram — durante déca-

das — o famoso mentor do assalto do trem pagador, Ronald Arthur Biggs, já que na época de sua captura, a Inglaterra negara o acordo de reciprocidade, essencial para a extradição de Ronald à sua terra natal. A meu ver, grandes criminosos aderiram à idéia de Biggs. Constava também o nome de Jesse James Hollywood, a pessoa mais jovem a entrar na lista dos dez mais procurados do FBI. Outro detalhe a ser frisado é que — por sorte — a praia de Copacabana não é poluída, ao contrário de grande parte das praias da cidade do Rio de Janeiro.
— Apenas quando chove — dizia meu guia de bolso.

Mal consegui terminar de lê-lo e já pude ver Mathias ao pé de minha cama, com uma cara de poucos amigos. A ressaca estava definitivamente bem pior do que a minha.

Na rua, andamos poucos passos até a praia. Não sei o que deu em mim, mas passando por um dos orelhões azuis que tomam conta da cidade do Rio, veio à minha cabeça uma idéia maluca: ligar para Marcela e convidá-la para vir à praia conosco. Sentia que meu pedido não seria aceito e que ela me dera seu telefone apenas como forma de angariar mais dinheiro. Entretanto para minha surpresa, ao atender-me no primeiro toque, ela mostrou-se muito feliz pela ligação, dizendo que nos encontraria em no máximo uma hora.

— Eu divido um apartamento em Copacabana com uma amiga. De dia eu fico; a noite ela — explicava ao mesmo tempo em que Mathias se mostrava impaciente. — Por favor, a moça não sabe o que eu faço; você sabe.

— Tudo bem. Tudo bem. — Respondi, demonstrando que a preservaria ao máximo, caso a amiga atendesse seu telefone. — Uma hora então — concluí combinando em qual quiosque nos encontraria. Desligando o telefone, contei a boa nova a Mathias, que pouca importância deu. Não sei ao certo se era inveja ou se ele realmente não gostaria de sua companhia.

Sentado em uma cadeira de plástico, à beira da praia, um fato curioso me chamou a atenção. Recordei-me da conversa de Marcela e do fato dela dividir o apartamento por turnos. Antes de viajar ao Rio, tinha escutado de um grande amigo que cursara a faculdade de Geografia na mesma época em que eu havia ingressado na Universidade, que desde os anos 80 a especulação imobiliária fora tamanha, que o bairro deixara de suportar o número de habitantes. Rezava a lenda que — se todos os prédios do bairro pegassem fogo — não caberia todo mundo nas ruas. Ainda segundo ele, o local possuía a maior densidade demográfica do Planeta, ultrapassando até mesmo Tóquio ou Bombaim, na Índia.

Voltando à realidade, e ao sol forte, preocupei-me em passar um protetor de número 50, o mais forte que encontrara na farmácia próxima ao hotel. No quiosque ou com os vendedores ambulantes, a máxima de estipular tudo três vezes mais caro, ainda se fazia presente. Uma água de coco, para nós, girava em torno de quase dez reais, sendo que um brasileiro pagaria, no máximo, quatro. O assédio das garotas de programas e seus cafetões também era incessante. A todo o momento aparecia um homem, com inglês fluente e boa aparência, perguntando se não gostaríamos de conhecer belas garotas brasileiras. Estendendo a conversa, para ver até onde ele chegaria, um foi ao ponto de oferecer uma menor de idade. Foi aí que percebemos que a praia, além de ser um lugar de diversão e turismo sexual, também servia para pessoas agirem como agenciadores de menores, praticando o abominável crime de corrupção de menores. Para ainda convencer o turista a praticar tal ato com a garota, ainda tentavam persuadir que pedofilia ou corrupção de menores não era — nem nunca fora — crime no país. E para ir mais longe, não era apenas os agenciadores, mas as próprias garotas que se aproximavam, pediam uma bebida e outra, enquanto puxavam assunto.

O assédio só cessou com a chegada de Marcela, que nos alertou do perigo de tais pessoas. — Fazer sexo com uma garota menor de quatorze anos é considerado estupro, no Brasil. Estupro aqui é um crime hediondo e a pena é bem alta. Suas palavras nos causaram espanto. E ela continuou. — E eles não oferecem apenas garotas. Meninos também. Eles são mantidos como reféns. Em cárcere. Não ganham quase nada em cima do "programa", mas é a melhor forma de sobreviver.

Tempos depois eu iria descobrir que além de praticarem os diversos crimes supracitados, eles ainda praticavam o crime de escravidão, tendo em vista que "escravizar" alguém, nas palavras do ilustre professor e Procurador do Trabalho, Wilson Prudente, não é apenas cercear seu direito à locomoção, mas também, deixar de oferecer condições financeiras para que aquela pessoa possa ir embora. O Brasil havia sido descoberto há mais de quinhentos anos, todavia era visível que o crime de escravidão, mesmo depois da famosa lei Eusébio de Queiroz (que tornou crime a venda de escravos) ainda se fazia presente nas ruas.

Ainda notando a presença de inúmeras garotas e rapazes, ficamos na praia até quase sete horas da tarde, horário em começa a escurecer no sudeste do Brasil. Na explicação de Marcela, nós estávamos no chamado "horário de verão", uma espécie de medida adotada pelo governo, em alguns meses do ano, que faziam todos os cidadãos adiantar o relógio uma hora, com o propósito de economizar energia. Apesar da não "aparente" falta de energia, podíamos perceber o oposto da moeda e o grande gasto desnecessário de água. O desperdício era tamanho, que víamos chuveiros abertos e hidrantes vazando pelas ruas. Eu, assim como Mathias, sabia que o Brasil possuía a maior reserva de água potável do Mundo, mas nem por isso o achava no direito de desperdiçar tanto.

Mesmo assim, estava ali para me divertir, e tinha que me abstrair de tudo aquilo que não fosse comum a mim. Não estava em meu país, e tinha que aceitar a diversidade cultural, mesmo que aquilo representasse maus hábitos.

Ofereci dinheiro para Marcela pegar um táxi de volta a casa, mas ela recusou. Disse que morava perto. Marcamos então de sair à noite e de ela levar uma amiga. Mathias não queria mais saber de Carla.

Sozinhos, e retornando ao hotel, tivemos a segunda grande desagradável surpresa. Fomos abordados — de repente — por dois policiais de fardas acinzentadas, as quais representavam os membros da Polícia Militar do Rio de Janeiro. Um dos policiais, com o inglês deplorável, apontou para o alto de um poste, dizendo que tinha visto que nós dois estávamos fumando maconha na praia.

— Como?! — indagou Mathias, revoltado com a situação.

O policial empurrou Mathias para trás, apontando uma arma em sua direção. Abrindo meus braços, tentei acalmar o ânimo de todos.

— Avise ao seu amigo que ele vai rodar se não ficar quieto — falou o outro policial, que fazia a contenção.

Mesmo sem entender o que significava a palavra "rodar", eu sabia que boa coisa não era. Também sabia que não estávamos fumando maconha, que não havia câmera nenhuma nos postes e que os policiais não queriam chamar muita atenção.

— Vamos ter que levá-los presos por uso de entorpecentes — avisou o que estava com a arma apontada, e agora, já a havia guardado no bolso.

— Nós não usamos nada, senhor — expliquei, nervoso por dentro, mas tentando demonstrar uma falsa serenidade em minhas palavras.

— Vimos na câmera. Câmera. — Falou o outro, apontando para o poste. — Temos que revistar os dois. — Continuou, pegando nossas mochilas e as abrindo.

De dentro da mochila de Mathias, os policiais encontraram um canivete suíço, usado por nós para descascarmos frutas.

— O que é isso?! — perguntou o policial mais exaltado. O da arma.

— Eu uso para descascar laranjas — explicou Mathias, demonstrando medo e ingenuidade.

— Os senhores sabiam que isso é o mesmo que portar uma arma de fogo? E que o crime de porte ilegal de arma de fogo é crime? E que o crime ultrapassa uma pena de dez anos de prisão? — sua fala era rápida, na intenção de nos confundir. Entendíamos com muita dificuldade o que eles queriam dizer, e estávamos bastante amedrontados. — Teremos que levá-los presos e os senhores serão deportados.

— Deportados?! — perguntou Mathias para mim, como se não acreditasse nas palavras. Como se pedisse para eu dizer que ele havia escutado errado. — Nós não fizemos nada!

— Calma — pedi a Mathias, dirigindo-me ao outro policial, que parecia mais receptivo e educado. Mais tarde eu viria a descobrir a famosa tática da Polícia Militar: um policial extremamente disposto a cumprir a lei e outro tranqüilo, mostrando-se muito bondoso.

Como fiz, e todos fazem; a oferta do "como podemos nos livrar disso" é sempre dirigida ao bondoso e negava pelo "mau". Em seguida, os dois pedem um minuto para conversarem a sós, e o bondoso finge que está persuadindo seu comparsa a deixar a pessoa ir embora.

— Bem — retornou o bondoso, com o canivete na mão. — Meu amigo quer prender vocês de qualquer jeito.

— Pelo amor de Deus! — falou Mathias, quase aos prantos.

— Escute, ele pode até não prender. Eu tentei falar com ele, sabe?

Meneamos a cabeça em tom afirmativo, esperando nos livrar de tamanho pesadelo.

— Sugeri que aplicássemos somente a multa e os deixassem ir embora.

A frase soou como um extremo alívio em meu corpo. Apenas uma multa? Ir embora? Era tudo que queríamos. Sinceramente não sabíamos se os policiais diziam a verdade, quando relataram que carregar um canivete é o mesmo que portar uma arma de fogo. Mais tarde descobriria que era tudo mentira. Tudo armação. Assim como a multa não existia, também não existia o chamado policial "bondoso".

— E de quanto é a multa?

Atrás do policial, o outro fazia cara de contrariado. Pura encenação merecedora de um prêmio da academia de cinema.

— Vocês têm quanto aí?

— Não trouxemos muito para a praia. Fomos alertados por uma pessoa a não andarmos com muito dinheiro por causa de bandidos — apressou Mathias a dizer.

— Quem os alertou fez bem. A cidade está infestada deles.

O policial dizia com propriedade. A começar por ele.

— Se quiser podemos ir ao hotel buscar... — Mathias tentou continuar a conversa, mas eu apertei disfarçadamente seu braço, pedindo que cessasse sua fala.

O policial "bom" chamou pelo outro e eles entraram em um acordo. Trezentos estava de bom tamanho. Em seguida, o dinheiro foi entregue, o canivete retido pelos policiais e nossa volta ao hotel foi permitida. Aliviados, apertamos o passo até finalmente adentrarmos o saguão. Exaustos de medo.

"Secretaria Especial de Política para Mulheres (Brasil) — O dia 25 de Novembro é dedicado a Não-Violência Contra a Mulher. Originalmente estabelecido em 1981, no Primeiro Encontro Feminista Latino-Americano e do Caribe, foi escolhida essa data a fim de homenagear três mulheres militantes da República Dominicana: Pátria, Minerva e Maria Tereza Mirabal, que, por se oporem à ditadura de Trujillo, foram emboscadas quando seguiam por uma estrada em 25 de Novembro de 1960 e mortas a pauladas. Em 1994 as Nações Unidas designaram essa data como o Dia Internacional da Não Violência Contra a Mulher. Segundo Alessandra Foelkel, no Brasil, assim como na América Latina, a violência sexual e doméstica é um grave problema de saúde pública. Estima-se que a cada 15 segundos uma mulher é violentada no país (Pesquisa Perseu Abramo 2001). Os crimes mais denunciados, nas delegacias de mulheres são lesões corporais e ameaças. O Ministério da Saúde do Brasil vem criando serviços especializados no atendimento integral a mulheres vítima de violência sexual, desde 1989. O Projeto de Lei de Conversão (PLC) 37/2006, conhecido como Lei da Violência Doméstica e Familiar contra a Mulher, foi sancionado pelo presidente da República, Luiz Inácio Lula da Silva, no dia 07 de agosto, às 12h, no Palácio do Planalto. O presidente homenageou Maria da Penha (em 1983, por duas vezes, seu marido tentou assassiná-la. Na primeira vez por arma de fogo e na segunda por eletrocussão e afogamento. As *tentativas de homicídio resultaram em lesões irreversíveis à sua saúde, como paraplegia e outras seqüelas. À época do crime Maria da Penha tinha 38 anos e três filhas. A caçula com 1 ano, e as outras duas com 4 e 6 anos), caso simbólico de violência doméstica, no Brasil, dando seu nome à lei sancionada. Ela altera o Código Penal e possibilita que agressores sejam presos em flagrante ou tenham sua prisão preventiva decretada. Em todos os países, os índices de violência doméstica e familiar contra a mulher estão sujeitos a uma significativa subnotificação. O medo e a vergonha fazem com que a maioria das mulheres que sofrem violência em casa, não registrem denúncia. O próprio fato dos crimes acontecerem no âmbito doméstico, privado, já lhes confere invisibilidade. Apesar disso, no Brasil, estima-se a ocorrência de mais de 2 milhões de casos de violência doméstica e familiar, anualmente, com base em pesquisa da Fundação Perseu Abramo, realizada em 2001. Somente durante o ano de 2005, e considerando apenas as capitais brasileiras, houve cerca de 55 mil registros de ocorrências nas Delegacias Especializadas de Atendimento à Mulher (DEAMs) de todo o país. O índice salta para 160.824 se consideradas as DEAMs das demais cidades. Estes dados, todavia, tornam-se ainda mais significativos por corresponderem a apenas 27% das 391 DEAMs existentes. São informações preliminares do levantamento — ainda em curso — que a Secretaria Especial de Políticas para as Mulheres (SPM) vem fazendo junto às Delegacias Especializadas".*

Antônio era o homem da casa! Fora ele quem sustentara sua família durante todos aqueles anos! Com um trabalho árduo, tendo que se virar à noite, à procura de ganhar mais alguns trocados que pudessem levar comida à mesa.

Estes eram os pensamentos daquele velho e calejado senhor, maltratado pela vida e pelo tempo. Bêbado, tropeçava tanto em seus pés, como nas palavras. Carregava consigo a fúria do álcool. Nos olhos vermelhos e no ranger de dentes.

Empurrou a porta de casa com força e já foi para cima de sua esposa, que assistia tranqüilamente à antiga televisão chuviscada. Agarrou-a pelo pescoço, começando a socá-la com força. Seu filho menor tentou intervir, mas foi jogado longe. Luiza pedia desesperadamente para seu marido parar com aquilo. Seus gritos de dor e angústia só tornavam o velho Antônio ainda mais violento.

— Sua piranha! Igual à filha! Vai ter que me respeitar! Eu sou o homem desta droga de casa!

A idéia do antigo pai de família, honrado e trabalhador, não saía de suas convicções.

De certo teria tirado a vida da esposa. Teria tirado se não fosse pelo filho mais velho, que pulou nas costas do pai, o levando até o chão. Munido com uma faca de cozinha, berrava para o seu genitor manter distância de todos.

— Vai fazer o quê com esta faca de cortar pão? Matar-me?

— Se for preciso — respondeu Claudinho, dirigindo a faca em direção ao pai, que se esquivou, dando dois passos para trás.

— A faca não vai ter mais utilidade! Vocês não têm o que comer! — dizia, enquanto cuspia rancor por uma saliva branca. — E ainda por cima, eu que comprei esta droga! Com dinheiro honesto!

— Por favor, Claudinho, seu pai está bêbado. — Implorava Luiza, tentando evitar a tragédia.

— Meu pai é um velho desgraçado! Do qual não me orgulho nem um pouco!

— Não se orgulha?! — gritou o velho desgraçado.

— De que teria de me orgulhar? De um velho que fica na Rua de Copacabana dando informações a turistas?! Que convive com a prostituição diariamente há mais de trinta anos, à espera da esmola de algum gringo agradecido?!

Antônio inclinou o corpo para trás, abaixando levemente sua cabeça e impondo o olhar de forma furtiva e demoníaca.

— Pelo menos não sou um traficante! Seu traficante!

— Eu trafico para custear meus estudos! Estudos que você não foi capaz de me dar! — dizia, tentando espetar o pai com a faca.

— Não tente achar que as mazelas e intempéries de sua vida justificam fazer o errado. Você é um jovem tolo e idiota que vai morrer na prisão ou nas ruas como a piranha da sua irmã!

Foram as últimas palavras de Antônio. As últimas palavras audíveis que se pôde escutar naquele velho casebre de dois cômodos. O filho enfiou a faca no peito do pai, que forte como um touro, estrangulou o rapaz até a morte. Ambos morreram. Deitados em uma poça de sangue e terror. Uma tragédia urbana já anunciada. E de quem fora a culpa? Dos turistas de Copacabana? Da sociedade brasileira? Dos amigos da faculdade? Ou até mesmo do dono do bar que vendera bebida a um alcoólatra, apenas para faturar alguns trocados a mais? A verdade é que a culpa não fora de ninguém a não ser dos próprios autores.

Para cada escolha, uma renúncia. Ninguém escolhera nascer pobre, mas desde o primeiro sopro de vida, tivera infinitas possibilidades de mudar um futuro que nunca poderá ser chamado de destino.

Destino não é o que estamos programados para ser o que fazer. Destino é apenas o caminho. E o caminho, o destino.

"São Paulo (Jornal Folha de São Paulo) — Pela lei brasileira, a prostituição não é crime. Toda pessoa é dona de seu corpo e pode usá-lo como quiser. Mas tirar proveito da prostituição, seja de que forma for, é crime. Assim, manter casas de prostituição, viver à custa de prostitutas ou mesmo induzir alguém a esse tipo de trabalho, por exemplo, são considerados crimes. As penas podem ir de um a oito anos de reclusão. Criminalmente, para provar que um estabelecimento é uma casa de prostituição, é preciso verificar a habitualidade — ou seja, demonstrar a freqüência do delito. Essa é uma das principais dificuldades da polícia, pois a sindicância com diversas idas aos lugares foi apontada pelo Judiciário como abuso de autoridade. Ações administrativas passaram a ser adotadas".

"São Paulo (Revista ISTOÉ Dinheiro e Jornal O Globo) — O Imperador do Prazer. Empresário faz fortuna explorando o que o mercado chama de "entretenimento adulto", um segmento que movimenta cerca de R$ 400 milhões anuais no Brasil. Ele é dono do inferninho mais famoso e exclusivista de São Paulo. O lugar é freqüentado diariamente por 300 homens e 150 mulheres. O empresário foi denunciado pelo Ministério Público Estadual (MPE) por crimes de favorecimento e exploração da prostituição, formação de quadrilha e tráfico de pessoas. A vida do empresário começou a complicar depois da tragédia com um avião comercial, já que segundo a acusação, seu "hotel" estava muito próximo da rota de aviões".

"Peça de defesa de um assistido da DEFENSORIA PÚBLICA acusado do crime de manter Casa de Prostituição — O proprietário de um estabelecimento comercial noturno foi denunciado pelo Ministério Público no crime do Art. 229 do CP. Mas o fato de uma pessoa ter um comportamento imoral não dá o direito do dono de qualquer estabelecimento público de proibir a sua entrada. Aí sim, caracterizaria crime. Sabe-se que os estabelecimentos noturnos são freqüentados por todos os tipos de pessoas, sendo impossível ao seu dono impedir, ou distinguir, a profissão ou o intuito de cada um deles (o que é um critério extremamente subjetivo, tendo em vista que até mesmo nas praias pode haver, e há pessoas dispostas a pagar por sexo). Preza-se a inconstitucionalidade progressiva do tipo elaborada outrora (1940), numa época em que a moral prevalecia em meio à sociedade Brasileira. Não se quer aqui defender se é justo, ou não, a pessoa vender o próprio corpo, e sim, se é justo um cidadão de um país miserável, que luta para pagar suas dívidas e para manter-se vivo, ir para prisão pelo fato de que algumas pessoas optaram pelo seu estabelecimento comercial para tais fins imorais. Até o bairro mais famoso do Rio de Janeiro é repleto de estabelecimentos freqüentados por garotas de programas. O endereço de uma das termas mais famosas do Rio, que fica a poucos passos da magnífica sede do Ministério Público, situado na Rua Marechal Câmara. Sem medo de soar absurdo, a defesa ainda alega que o indiciamento de um pobre comerciante fere o princípio da Isonomia, tendo em vista que as grandes casas freqüentadas por pessoas de profissão semelhante continuam abertas, à luz do dia, e à disposição de todos".

"Voto do Ministro do STJ (Superior Tribunal de Justiça) Gilson Gipp em processo que versava sobre a manutenção de casa de prostituição: Ementa. CRIMINAL. RECURSO ESPECIAL. CASA DE PROSTITUIÇÃO. TIPICIDADE. RECURSO CONHECIDO E PROVIDO. I. A simples manutenção de espaço destinado à prática de prostituição traduz-se em conduta penalmente reprovável, sendo que a possível condescendência dos órgãos públicos e a localização da casa comercial não autorizam, por si só, a aplicação da figura do erro de proibição, com vistas a absolver o réu. II Precedentes do STJ. III. Irresignação que deve ser acolhida para condenar o réu pelo delito de manutenção de casa de prostituição, remetendo-se os autos à instância de origem para a fixação da reprimenda. IV. Recurso especial provido, nos termos do voto do Relator".

O taxista do hotel nos levou até o centro da cidade, onde ele garantiu que ficava a melhor "termas" de toda a cidade do Rio de Janeiro. Termas é um nome usado para designar a casa de prostituição. Alguns também costumam dizer "casa de massagem" ou algo do gênero. Mas no que tange aos homossexuais é muito comum ouvir-se falar em "sauna". Diferente das boates localizadas em Copacabana, a termas é — de fato — uma casa de prostituição. O preço da "terma" mais cara, segundo o taxista, era de oitenta reais e se localizava em Ipanema, zona sul da cidade, e bairro vizinho a Copacabana. No caminho, ele explicava que nos levaria até o centro, porque lá poderíamos encontrar meninas da mesma "qualidade" a um preço inferior. Caso não gostássemos, ele poderia nos levar ao Jardim Botânico, onde havia outro lugar famoso, que cobrava sessenta reais apenas de entrada.

Chegando à porta da casa, demos de encontro com um homem de meia idade, moreno, de porte avantajado e que usava um curioso cavanhaque. O taxista avisou que nos pegaria em cinco horas (às dez da noite) e nos desejou boa "diversão". Já o recepcionista nos entregou dois cartões numerados. Em seguida, subimos por uma escada, até chegarmos à verdadeira recepção. Logo lá já tivemos a idéia do que veríamos pela frente. Meninas apenas com a roupa de baixo. Muitas. Muitas mesmo. Segundo a moça que nos atendeu — que falava até mesmo alemão — a casa contava, naquele dia, com cento e quarenta garotas. O preço de entrada era de quarenta reais e o "programa", realizado em um cômodo ali mesmo, sairia por cento e oitenta reais. Ao lado da moça, uma senhora loira explicou que o preço era sempre fixo. As meninas, nem nós, poderíamos barganhar.

Aceitando todas as condições, Eu e Mathias descemos por uma espessa escada, até o vestiário. No vestiário, foi nos dado um roupão e um chinelo. Ninguém poderia ficar vestido na "pista de dança". Caso quiséssemos, a casa também contava com serviços de massagistas profissionais e uma sauna, para relaxar. Na verdade, aquilo tudo se tratava de um complexo de luxo. Um complexo de prostituição.

— Isso é melhor que Copacabana! — brincou Mathias, animado com o lugar.

— Tem razão — falei, observando uma loira passar ao meu lado e apertar minhas costas. — Vamos nos divertir!

No bar, pedimos uma garrafa de uísque oito anos. O preço não era dos mais caros. Cento e setenta reais. Muito diferente das boates de Copacabana, que chegavam a cobrar quase seiscentos reais pela mesma garrafa.

Recostamo-nos em uma confortável poltrona e já logo fomos abordados por uma garota. Uma enorme tatuagem de dragão cobria todas as suas costas.

Tentamos nos comunicar por gestos e expressões, mas como ela não falava inglês, logo nos deixou. Mas não faltaram meninas para se aproximarem. Eram tantas que tivemos uma séria dificuldade de escolher qual a melhor.

Enquanto conversávamos, pude conhecer a história de boa parte delas. Uma alegava que estava naquela "vida" apenas para quitar algumas dívidas que tinha adquirido com uma "lan house" que montara na Baixada Fluminense, subúrbio do Rio. Outra foi sincera e direta, e dizia que fazia por prazer e dinheiro. Dinheiro tudo bem. Porém o prazer era duvidoso. Havia diversos homens que estavam ali pela extrema necessidade. De tão feios ou obesos, infelizmente é verdade que mal conseguiriam encontrar uma mulher na noite.

Por fim conheci Karina, uma garota que chegara do Sul do país. Ela me dissera que havia trabalhado em uma loja de roupas durante três meses, mas não foi o suficiente para se sustentar. Foi então que — ao conhecer uma garota — aderiu à prostituição, sendo levada a casa. A verdade era que os donos não deveriam procurar garotas. Elas procuravam o lugar. A demanda se mostrava bem maior que a procura. Todas tinham que passar — de três em três meses — por exames, como HIV ou outras doenças, como o HPV. Apesar da casa de prostituição ser crime, ninguém ali parecia muito preocupado com isso. Uma garota chegava a tirar seis mil reais por mês, mas não tinha uma vida das melhores. Karina, por exemplo, pegava no emprego às duas e meia e largava apenas a meia-noite e meia. Depois, tinha que pegar um ônibus para o subúrbio da cidade. Chegava a casa por volta das duas e bêbada, já que — ainda segundo ela — era impossível agüentar certos clientes sem antes ingerir algum tipo de bebida alcoólica.

Todavia o sacrifício deveria valer a pena. E pensando nisso nós subimos para o quarto, que ficava no terceiro andar. O "programa" foi de meia hora. O quarto não era dos melhores. Apenas uma cama de casal e um chuveiro, apertados em poucos metros quadrados.

Mathias, que subiu com uma garota, da qual não me recordo o nome, fez uso recreativo do Viagra e ficou mais de duas horas com ela.

Depois, nos encontramos novamente e aguardamos o momento de ir embora. No fundo, eu tinha um problema que costumava não confidenciar a meus amigos. Depois do sexo, sentia-me tão sujo como Mathias se sentia. Era uma vontade louca de ir embora correndo, de sumir, de me limpar.

O motorista do táxi não apareceu. Preocupados, conhecemos dois jovens, que não deveriam ter mais de vinte anos e moravam no bairro da Barra da Tijuca. Eles nos ofereceram carona. Mathias relutou em aceitar, mas não tínhamos muita alternativa. Depois de conversar com a garota com quem eu havia subido, descobri que eles eram conhecidos e "confiáveis". Convencendo Mathias a ir conosco, despedimo-nos das garotas, passamos por um recepcionista e entramos no carro.

Dentro do veículo, uma pergunta me veio à cabeça: por que não havia um único segurança no local?

— Há. — Respondeu o rapaz de cabelos loiros, soltando um leve sorriso. — A segurança é feita pela própria polícia.

— Mas eu não entendo — questionou Mathias. — A casa existe, à luz do dia. Como a lei não é cumprida?

— Porque quem faz cumprir a lei, em todos os seus segmentos, são clientes em potencial. Ou os senhores acham que não? — concluiu.

— Esqueçam isso — falou o outro, soltando uma gargalhada. — Agora vocês vão ver o que é diversão de verdade.

"RIO DE JANEIRO (Jornal O Dia) — Três jovens estudantes e moradores da Barra, no Rio de Janeiro, sendo um deles menor de idade, foram detidos no início da madrugada deste domingo. Segundo a polícia, eles agrediram com a fumaça de um extintor de incêndio um grupo de prostitutas que fazia ponto na Avenida Sernambetiba, na altura do clube Riviera. O trio havia saído de casa somente para a 'brincadeira' com extintor de pó químico retirado do prédio de Fernando. Por volta de 1h, após dispararem o extintor contra dois grupos de prostitutas, os estudantes foram seguidos por um engenheiro e mais dois amigos em outro veículo, que assistiram à cena e acionaram a polícia por telefone".

"RIO DE JANEIRO (Jornal O Globo) — A polícia do Rio de Janeiro prendeu três jovens, moradores de condomínios de luxo, por roubar e agredir uma empregada doméstica. Outros dois cúmplices são procurados. Já é longa a história de violência e crimes em condomínios de luxo. Os jovens são o centro dessa questão perturbadora. A polícia do Rio de Janeiro tenta prender dois estudantes acusados de roubar e agredir brutalmente uma mulher. Os outros três jovens de classe média alta envolvidos no ataque de ontem já foram presos. Disseram na delegacia que confundiram a vítima com uma prostituta".

> *"SÃO PAULO (Jornal Folha de São Paulo) — Prostituta acusa atores de roubo e agressão. Eles foram acusados por uma prostituta de terem roubado sua bolsa e a terem empurrado de um carro em movimento ontem de madrugada no Rio. A agressão e o furto, disse ela, ocorreram após a garota desistir de fazer programa com um deles. Segundo os outros rapazes eles estariam num motel com mais dois travestis, achando tratar-se de mulheres."*

As garotas de programa começavam a circular nas ruas de "Copa" por volta das dez da noite. Muitas chegavam de táxi ou em carros particulares.

Do chão do carro, o jovem loiro que estava no banco do carona, tirou uma sacola de plástico, típica dos supermercados. Da sacola, ele entregou a cada um de nós um ovo.

— Pra que serve? — Mathias quis saber, olhando para o ovo em sua mão.

— Para isso! — gritou o loiro, abrindo o vidro do carro e acertando um ovo em cheio no rosto de uma garota parada à beira da Avenida Atlântica.

Os dois começaram a rir sem parar, enquanto nós não entendíamos nada.

Em alta velocidade, o motorista dirigiu a fala até mim: sua vez, alemão. Só quero ver.

A situação — nada agradável — me compeliu a fazer o mesmo. Encostamos o carro metros à frente, quase sobre a calçada, ao lado de um grupo de três prostitutas. Enquanto uma foi até o lado do motorista, as duas outras vieram ao nosso encontro.

O motorista mal esperou e largou uma "ovada" no rosto da menina, ao passo que eu apressei-me para fazer o mesmo. Depois, arrancamos com o carro mais uma vez. Agora, todos nós ríamos desesperadamente. Apesar de ser uma brincadeira de péssimo gosto — se é que isso é brincadeira — a coisa estava ficando engraçada.

Os dois refletiam bem a classe média alta do Rio de Janeiro. "Playboy's" com dinheiro e educação. Educação no sentido formal; é claro. Era certo que na Alemanha seríamos pegos em menos de dois minutos. Todavia no Brasil nada parecia acontecer. Depois dos ovos, veio o extintor de incêndio. A cada parada, o carona disparava contra uma ou duas caras, deixando-as todas cobertas de um pó branco.

— Quero tentar! — pediu Mathias, pegando o extintor da mão do rapaz e acertando em cheio o rosto de uma garota.

— Agora é minha vez! — eu falei. Incauto, não observei quem seria minha vítima. Minha insensatez causou-me um dano terrível. Como num instinto, segundo antes de disparar o extintor, pude ver a o rosto de Marcela, me olhando com um sorriso simpático. Logo após, não mais via a expressão do seu rosto, coberto pelo branco.

Fui tomado por um sentimento de pena, culpa, compaixão ou algo que não consigo explicar. Pensei em parar com o carro, entretanto já estávamos longe demais.

O que eu havia feito não fazia parte da minha índole. E justamente aquele ato me fizera magoar uma pessoa que havia se mostrado tão prestativa e atenciosa. Tudo bem. Todas eram garotas de programa. Mas por qual motivo elas seriam justamente o alvo? Mais tarde, refletindo sobre o assunto, viria a encontrar a provável resposta. A sociedade, principalmente na seara juvenil, adere a comportamentos imorais (eu havia encontrado os dois em uma casa de prostituição, com prostitutas!), mesmo assim ainda guarda uma essência conservadora, capaz de repudiar o exercício de tal profissão. Jogar um ovo em uma garota como Marcela seria dizer o mesmo que dizer que ela — ou elas — era bem-vinda ao bairro, e à cidade. Como dizer que ela corrompe a moral do ser humano — e por isso — deve ser rechaçada da sociedade, ficando muito à margem, em um ambiente fragmentado; longe de todo e qualquer segmento classista da sociedade.

A aventura seguiu depois à praia do Leme, onde os garotos deram a volta e nos deixaram na porta do hotel. Trocamos telefone, mesmo achando que não manteríamos contato.

— *Auf Wiedersehen* — desejamos, acenando com a mão e vendo-os se afastar de nós.

No saguão, Mathias foi o primeiro a sentir a falta de Antônio. O que havia acontecido com ele? Perguntamos na recepção. Ninguém sabia informar. Apenas que estava desaparecido há alguns dias. De certo nos escondiam a notícia de que ele morrera. Junto do filho. Ao lado da esposa. E deixado uma prostituta órfã. Órfã pelas ruas de Copacabana. À mercê da própria sorte.

"CAMPINAS (Jornal da UNICAMP) — A ilusão de migrar para um país desenvolvido e, com isso, ascender socialmente é uma das maiores motivações para o envolvimento de mulheres brasileiras com turistas estrangeiros que vêm ao país à procura de sexo. A conclusão faz parte de um estudo desenvolvido pela antropóloga Adriana Piscitelli, pesquisadora e coordenadora associada do Núcleo de Estudos de Gênero (Pagu) da Unicamp. 'Nesse jogo assimétrico, os desejos se cruzam. Enquanto esses homens querem sexo, as mulheres buscam uma oportunidade na vida, afirma a especialista".

"PERNAMBUCO (Conselho Regional de Medicina) — Profissionais do sexo, há muitas. Daquelas que batem perna nas calçadas às que ocultam a identidade sob anúncios de jornais e às universitárias. No Recife, as profissionais à moda tradicional, das que fazem trottoir pelos logradouros da cidade, são chamadas a atuar na preservação do patrimônio histórico — cenário de seus expedientes — e como ferramentas de atendimento ao turista. Em parceria com a Associação Pernambucana das Profissionais do Sexo (APPS), o projeto (inédito no Brasil) da Prefeitura do Recife vai capacitar prostitutas durante quatro semanas sobre o patrimônio e a cultura do Recife, além de outros temas".

Durante os poucos dias que me restavam, poucas foram às vezes que consegui pegar no sono. E quando sonhava, Marcela continuava a não sair de minha cabeça. Atordoado e culpado saía todas as noites pelas Ruas de Copacabana, à procura de um rosto conhecido. Mas tudo o que entrava era mulheres vestidas de forma vulgar, abordando-me ou lançando-me um olhar na tentativa de um programa. Eu não queria sair com mais ninguém. Ninguém além de Marcela.

Mathias, ao contrário, voltou a termas duas vezes, e se divertiu com os jovens "amigos" que tínhamos conhecido. Eu isolei-me na mais profunda tristeza. Como loucura, continuei a buscar seu rosto. E finalmente, no começo da noite de meu penúltimo dia no Brasil, encontrei-a. Vestindo a mesma roupa do dia em que em nos conhecemos, minha arritmia medrosa quase me fez desistir de ir ao seu encontro.

Mesmo assim, como uma criança apavorada, fechei meus olhos, indo até bem próximo dela. Ao me ver, sua reação fora a mais esperada.

— Sai daqui! — falou quase aos berros tentando acertar-me com uma bolsa.

— Marcela, *listen to me*! — pedia, protegendo-me de seus ataques, que chamavam a atenção de todos os que passavam. — Um minuto, por favor!

— O que queres dizer? Pedir desculpas por ter atirado um ovo na minha cara? Desculpas não irão resolver nada o que já aconteceu. Não estou chateada por ter tido que voltar à minha casa, e sim, por nunca esperar uma atitude destas de alguém como você. Eu realmente me enganei!

— Não! Você não se enganou. Todos nós somos falíveis, passíveis de erros. E eu cometi um tremendo.

— Você quer saber a razão dos jovens atirarem ovos em prostitutas, como eu? Ou de as agredirem fisicamente? Eles não nos toleram. Há um sentimento de repúdio. Nós infestamos um bairro tradicional e nobre. E agora, uma garota de família não pode descer de seu apartamento em Copacabana sem ser confundida com uma prostituta! Não estou em nenhum momento dizendo com quem está a melhor razão. Apenas não vejo na violência a melhor forma de resolver o problema.

— Se há prostitutas, é porque há quem pague. Então o problema não está apenas na classe, mas em toda uma sociedade. O turismo sexual impulsiona a economia da cidade e este é o motivo das autoridades continuarem de olhos tapados. Porém não é isso que quero dizer. Quero apenas pedir desculpas.

— Desculpas aceitas. Mais alguma coisa? — perguntou, colocando seu rosto bem próximo de mim.

— Você! — falei, agarrando-a e dando um longo e demorado beijo na boca. O beijo mais apaixonado, e apaixonante, que dei em toda a minha vida ordinária.

Como era bom experimentar sensações e momentos completamente diferentes. Como era bom ser outro alguém mais vivo.

"SÃO PAULO (Folha de São Paulo) — O Brasil é o oitavo país em desigualdade social, na frente apenas da latino-americana Guatemala, e dos africanos Suazilândia, República Centro-Africana, Serra Leoa, Botsuana, Lesoto e Namíbia, segundo o coeficiente de Gini, parâmetro internacionalmente usado para medir a concentração de renda. O índice brasileiro foi de 0,593 em 2003, segundo o relatório do PNUD (Programa das Nações Unidas para o Desenvolvimento) sobre o IDH (Índice de Desenvolvimento Humano) em 177 países. De acordo com o documento, no Brasil 46,9% da renda nacional concentram-se nas mãos dos 10% mais ricos. Já os 10% mais pobres ficam com apenas 0,7% da renda. Na Guatemala, por exemplo, os 10% mais ricos ficam com 48,3% da renda nacional, enquanto na Namíbia, o país com o pior coeficiente de desigualdade, os 10% mais ricos ficam com 64,5% da renda".

Eu nunca poderia me ver no direito de pedir que Marcela parasse com a prostituição de seu corpo. Estava apaixonado, era um fato. Mas o fato não me dava direito algum. De certa forma sentia reciprocidade no sentimento. Não tinha certeza. Certeza de nada.

No mesmo dia, por volta da uma da manhã, liguei para Mathias. Ele se encontrava com nossos amigos brasileiros na boate mais cara da cidade, localizada bem no coração de Ipanema, na Rua Barão da Torre.

Marcela relutou em ir. Relutou, entretanto acabou aceitando. Aceitando ir. Ela não quis nem um real.

Já na porta da boate pude perceber como o Brasil era um dos campeões mundiais em desigualdade social. Eu podia ver dezenas de Mercedes-Benz luxuosas e importadas, que até mesmo na Alemanha — seu país de fabricação — era um brinquedo para poucos. Ao lado das Mercedes, Ferrari's e BMW's, carrocinhas de cachorro-quente, manobristas e cidadãos intitulados "flanelinhas" que pediam dez reais para "tomarem conta do seu carro". Analisando pela via reflexa, os "flanelinhas", donos da rua, pediam dez reais para "não fazerem nada com o seu carro". Marcela me explicava que as pessoas pagavam, não pelo serviço, mas pelo medo. E a polícia, além do governo, continuava a manter aquele mercado ilegal e informal à margem da lei. Se questionado o motivo de tal preço, a resposta era sempre a mesma: temos que dar o "arrego" aos "polícia". Sabe como é, patrão. Simplificando: eles tinham que pagar propina aos policiais, para continuarem com o seu "trabalho". Deplorável, mas realista.

Uma fila imensa tinha se formado na porta da boate. Para minha sorte, um dos jovens que tínhamos conhecido era bem influente na casa, e conseguiu nos colocar pelo lado, passando por uma grade com uma corrente de ferro.

Na entrada, um preço bem salgado, digno da alta sociedade do Rio. Cento e vinte reais. Para um gringo, de férias no Brasil, é algo até suportável. Porém em um país onde se ganham em média trezentos e oitenta reais, beira o absurdo. A verdadeira desigualdade.

Dentro da boate, o "aluguel" de uma mesa girava em torno de um mil e cem reais reais, com direito à chamada consumação. A boate, como todas as outras do Rio, também burlavam a lei, cobrando algo chamado "consumação mínima". Ou seja, ao alugar uma mesa, a pessoa fica obrigada a consumir os um mil e cem reais. Caso contrário, terá que pagar de qualquer jeito.

Como todos nós tínhamos dinheiro, e uma garrafa de champanhe Moet & Chandon chegava a custar quatrocentos reais, não foi difícil gastar bem mais do que o planejado. No Rio, assim como nas cidades desenvolvidas do Brasil, colocar uma garrafa cara em cima da mesa era sinônimo de *status*. Uma forma de massagear o próprio ego, mostrando-se mais capaz do que os capazes. Para mim, não passava de uma bebida de boa qualidade.

Estou certo de que a boate chegou à sua lotação máxima, fazendo de seu ambiente uma aglomeração de pessoas envoltas em um calor insuportável. As músicas tocadas pelos DJ's não deixavam de ser as mesmas encontradas nas principais boates de Londres ou Nova Iorque. Uma alternância entre o "House" e o "Hip-Hop". Todos muito bem atualizados. A única diferença foi o Funk, um ritmo brasileiro, vindo das favelas, e que conquistara a classe alta. Além de tudo, ainda teve a participação de um famoso cantor de funk, que cantou mais de dez músicas, bem ao nosso lado. Negro e bem gordo, podíamos perceber — pelas suas roupas e gírias — que ele viera de uma realidade bem longe daquela. Viera da favela — e como poucos — tinha conseguido ser aceito e mudar de vida. Como os outros "playboy's" e "mauricinhos", ele vestia-se muito bem. Cordão e relógios de ouro. Tudo o que um rico — no Brasil — tinha direito.

Ficamos na boate até por volta das seis da manhã. Todos nos divertimos bastante. Apesar do alto valor, e das diferenças culturais, eu havia me divertido como nunca. Aquela poderia vir a ser nossa despedida do Rio de Janeiro. E havíamos fechado com chave de ouro.

Marcela foi conosco de táxi até o hotel. Marcamos de nos ver no mesmo dia (já eram mais de sete horas da manhã), para minha despedida. Desci do carro, beijei-a e notei um aperto em meu coração. Apenas mais um dia. Mais um dia no Rio de Janeiro. Mais um dia ao lado de Marcela. Em Copacabana.

"*Dicionário Wikipedia — O Morro do Pão de Açúcar é uma montanha sem vegetação em sua quase totalidade, sendo um bloco único de granito que sofreu alteração por pressão e temperatura e possui mais de 600 milhões de anos de idade e 395 m de altura, que surgiu com o choque entre os continentes Sul-Americano e o Africano. É circundado por um resquício de Mata Atlântica. É um dos principais pontos turísticos da Cidade do Rio de Janeiro no Brasil. Durante o apogeu do cultivo da cana-de-açúcar no Brasil (século XVI e XVII), após a cana ser espremida e o caldo fervido e apurado, os blocos de açúcar eram colocados em uma forma de barro cônica para transportá-lo para a Europa, que era denominada pão de açúcar. A semelhança do penhasco carioca com aquela forma de barro teria originado o nome. Já o Cristo Redentor é uma estátua localizada na cidade do Rio de Janeiro, a 709 metros acima do nível do mar, no morro do Corcovado. De seus 38 metros, oito estão no pedestal. Foi inaugurado às 19h15 do dia 12 de outubro de 1931, depois de cerca de cinco anos de obras. No dia 7 de Julho de 2007, em Lisboa, no Estádio da Luz, foi eleita uma das novas sete maravilhas do mundo*."

— O que você faz na Alemanha? — Marcela perguntou. Nós estávamos caminhando pelo calçadão da praia de Copacabana, depois de termos visitado os principais pontos turísticos da cidade do Rio. O "bondinho" do morro Pão de Açúcar (que custa em torno de trinta e cinco reais para turistas e metade do preço para os "cariocas") e o famoso Cristo Redentor, conhecido mundialmente pela imagem de Jesus de braços abertos, e um marco dos brasileiros, que sugerem, em tom de brincadeira: que Deus é brasileiro. Isso eu não sabia, mas achava que Deus poderia cobrar um preço menos salgado. Apenas o bilhete de entrada custava vinte e cinco reais, e o "trenzinho" (com uma paisagem maravilhosa) trinta e cinco reais. Os dois lugares eram realmente fantásticos. Do Pão de Açúcar podia-se ver boa parte da cidade. Bem do alto. Cada pontinho, cada prédio. As enormes extensões da praia ficavam tão pequenas, como estava meu coração. No momento em que teria que deixar Marcela para trás.

Retornando à sua pergunta, respondi que trabalhava como médico, em um grande hospital. Minha família — todos formados médicos — possuía vários hospitais espalhados pela Alemanha. Nunca poderia reclamar da vida, mas como uma opção pessoal, eu decidira viver de meu próprio salário, sem me envolver com a administração ou com os negócios de meu pai. Sentia-me feliz sendo um homem comum, que acordava todos os dias às seis horas da manhã para correr, ia até o consultório, e às oito horas da noite já estava na cama.

— Você é feliz? — Marcela fez outra pergunta, a qual me levou a um segundo de reflexão, para finalmente chegar à conclusão de que não tinha tanta certeza. Ser comum pode significar ser feliz. Mas a monotonia estava para os dias, assim como o tédio para a minha vida. Durante toda a minha vida eu aprendera que — em nossa existência — existem dois mundos: o mundo da diversão e o mundo da realidade.

Quando crianças, afloramos o mundo da diversão, e quando adultos, somos obrigados a deixá-lo um pouco de lado. Um pouco seria pouco, para não soar redundante. Meu pai tinha um amigo que morava em uma cidade chamada Pirenópolis/GO. Alemão, ele — diferentemente de mim — tinha vindo ao Brasil em uma viagem oferecida pela faculdade de Geografia. Realizaria o estudo de uma cidade chamada São Gonçalo e depois retornaria a Nuremberg. Entretanto, em um ponto de ônibus, em frente à faculdade Estácio de Sá, ele pediu informação a uma moça que cursava jornalismo em tal faculdade. O simples ato de pedir informação uniu duas pessoas que teriam desaparecido — um do outro — para sempre. O amigo do meu pai então retornou à Alemanha, onde concluiu a faculdade e depois retornou ao Brasil, onde reside até hoje. Sempre tive grande orgulho de tamanha ousadia. Deixar um país de 1º mundo, com boas perspectivas de emprego e de vida, para aventurar-se no Brasil, sem emprego, nem dinheiro, é um desafio para poucos.

A cada pergunta que Marcela fazia, eu desviava, como fiz, contando a história do amigo do meu pai. Não queria dizer se era feliz ou não. Queria apenas e experimentar aquele momento de extrema felicidade.

— Meu vôo parte hoje à noite — avisei, com um ar de consternação e tristeza.

— Isso quer dizer um adeus? — paramos de frente para o forte Copacabana. O sol estava se pondo, e desaparecia lentamente pelo horizonte.

— Se eu a convidasse... — as palavras saíram da minha boca, como um instinto sai do ser humano. Não tive controle sobre elas. Eu queria Marcela ao meu lado. Queria tirá-la daquela vida. Supria o sentimento mais altruísta de todos, sem medo de estar sendo enganado. Eu via sinceridade em seus olhos de ternura.

— Eu não me acostumaria — ela falou, balançando a cabeça. — Dizem que o clima é bem frio. E as pessoas, certinhas demais.

Eu sorri contraindo meus lábios: e há defeito em ser certo?

Ela meneou a cabeça em afirmativo. Você sabe o que eu quero dizer! A vida comum, ordinária. Monótona. Não tem muita empolgação.

— Uma coisa são férias em Copacabana, a outra é se tornar um "carioca". Não acha? Aqui também pode ficar monótono.

— Pode e deve — ela falou, envolvendo-me com os braços. — Agradeço muito o seu convite. Mas eu tenho uma família aqui. Estou juntando dinheiro para ajudá-los.

— Família? — falei, abrindo um sorriso fraternal. — Onde?

— No subúrbio, bem distante desta realidade. — ela apontou ao redor. — Isso — como dizem por aqui — é uma beleza para inglês ver — continuou. — Sabe — falou, dando uma leve pausa — meu irmão sonha em ser advogado. Começou a faculdade de Direito.

— Direito é uma área promissora.

— É. Aqui nós temos diversos concursos públicos. O sonho de todo o brasileiro é arrumar um emprego público, pago pelo governo. Meu irmão disse que vai tentar ser Juiz. Quem sabe. Eu o estou ajudando, meio que escondido dos meus pais. A faculdade dele é particular, sabe como é. Muito caro. Ainda tem os livros.

— E os seus pais, fazem o quê?

— Meu pai trabalhava em um hotel aqui mesmo, em Copacabana. Minha mãe cuida do meu irmão mais novo, que tem a saúde muito frágil.

— Uma vida difícil — falei, balançando a cabeça e contraindo a sobrancelha.

— A propósito. Nunca lhe disse meu nome de verdade.

— E qual é? — perguntei rindo.

Ela parou por um instante, encarou-me com profundidade, e em seguida — lançando um olhar furtivo — estendeu a mão para um aperto: Prazer, Miriam.

"Amor é fogo que arde sem se ver;
É ferida que dói e não se sente;
É um contentamento descontente;
É dor que desatina sem doer;

É um não querer mais que bem querer;
É solitário andar por entre a gente;
É nunca contentar-se de contente;
É cuidar que se ganha em se perder;

É querer estar preso por vontade;
É servir a quem vence, o vencedor;
É ter com quem nos mata lealdade.

Mas como causar pode seu favor
Nos corações humanos amizade,
se tão contrário a si é o mesmo Amor?"

(Soneto 11, de Luiz Vaz de Camões).

Colocava minha mala no porta-malas do carro que nos levaria até o aeroporto Tom Jobim quando notei um funcionário sair de dentro do hotel, quase que aos berros. À sua mão, ele tinha um aparelho de telefone.

— Pra mim? — perguntei, apontando para o meu próprio peito.

Mathias, sem nada entender, já me aguardava dentro do táxi. O funcionário fez sinal de positivo com os dedos, me entregando o aparelho.

— Meu Deus! Você precisa me ajudar! — dizia uma mulher ao outro lado, em prantos.

— Miriam?! O que aconteceu?! — minha fala acelerada mostrava uma real preocupação.

— Meu pai. Meu irmão. Eles morreram! — tentou dizer, engasgando-se em quase todas as palavras e não conseguindo mais nenhuma frase que fizesse sentido.

Ela me deu o endereço de onde estava. Prometi que iria correndo a seu encontro. Pela janela do carro, avisei a Mathias que ele teria de partir sozinho.

— Enlouquecestes? — indagou, em tom ríspido. — Nosso vôo sai em três horas. E eu não vou sozinho! O que está acontecendo?

Miriam não soubera me explicar, da mesma forma, que não sabia relatar o ocorrido a Mathias. Mas sua pergunta fugia o plano fático. Ele queria, pela via indireta, saber o que estava acontecendo comigo. Dentro de mim. Na sua cabeça, Copacabana havia feito um terrível mal a mim. Sei quais eram seus sentimentos; já que fora ele, um ano antes, que planejara toda a "grande" viagem ao Brasil.

— Miriam, ela precisa da minha ajuda — comuniquei, ainda com a cabeça enfiada pela janela do carro.

— Então eu vou contigo!

— Quero que tu voltes para a Alemanha. Agora! — exigi, empurrando para baixo o pino do carro e pedindo ao motorista que saísse com o veículo. — Nos vemos em breve, Mathias. Não se preocupe.

Não se preocupe. Pela janela, Mathias me olhava desolado. Partiria realmente sozinho, largando o amigo no Brasil? Nem eu mesmo sabia qual era meu nível de envolvimento com Miriam. Eu tinha plena noção de estar cometendo uma loucura. Mas como era bom ser louco às vezes.

Do hotel, chamei um táxi. Sentado no banco do carona, avisei para onde iria. Relutante, ele perguntou se eu tinha realmente certeza. Parecia a voz de Mathias, mas agora, com um sotaque carioca: O lugar é muito perigoso. Ainda mais para pessoas como você.

Pouco me preocupava os perigos que rondavam as ruas do Rio. Miriam, antes de tudo, se tornara uma grande amiga. Questionava-me qual o verdadeiro valor da amizade, do amor. Existiam certos momentos, como aquele, em que valeria a pena correr o risco. Um risco inerente à compaixão que sentia por ela. Uma moça que não poderia ajudar a custear a faculdade de Direito do irmão. Um irmão — vítima de violência urbana — que não mais poderia concluir seu maior sonho.

Não tinha como me comunicar com Miriam. Ainda com um único pedaço de papel amassado, escrito à mão pelo funcionário do hotel, eu tinha a exata noção de que como era se sentir sozinho. Sozinho em meio a uma cidade com mais de seis milhões de pessoas.

O táxi me deixou bem em frente à casa anotada como logradouro. Não foi difícil encontrá-la. Tudo o que precisamos foi seguir as sirenes vermelhas da Polícia Militar do Rio. As sirenes, lanternas, os gritos de dor e desespero e uma imensidão de curiosos, que viam na tragédia uma forma de entretenimento.

Apenas com uma pequena mochila, passei desapercido pela polícia e pelos curiosos. Não entendia uma palavra do que dizia. Mais tarde, viria a saber que a mãe de Miriam, depois do ocorrido, tivera um ataque de pânico, que a deixara em completo estado de choque. Os corpos, ainda estirados ao chão, e sendo recolhidos pelo IML (Instituto Médico Legal) haviam ficado mais de um dia no mesmo lugar, e começavam a exalar um terrível odor.

Miriam me viu de longe. Viu e saltou no meu peito. Como uma criança assustada, logo após ter um terrível pesadelo. Acariciei seus cabelos e afaguei seu rosto. Disse que estava tudo bem. Mas eu sabia que não estava.

— Quem é você? — perguntou um policial, no intuito de me retirar do local.

— Eu? — primeiro encarei Miriam, para em seguida, dizer com uma estranha firmeza ao policial: O namorado dela.

O namorado dela. Curioso. Curioso e ao mesmo tempo intrigante.

"SÃO PAULO (Consultor Jurídico, por Thiago Junqueira) — Nessa linha, verifica-se que para o estrangeiro vir trabalhar no Brasil com vínculo de emprego, é imprescindível que tenha comprovada qualificação e/ou experiência profissional. De acordo com a resolução que recentemente entrou em vigor, o estrangeiro que pretenda trabalhar no Brasil, no ato do pedido de autorização para o trabalho, requerido perante o Ministério do Trabalho, deve comprovar sua capacidade e qualificação para trabalhar mediante a apresentação de diplomas, certificados ou declarações das instituições em que já tenha desempenhado suas atividades. Por outro lado, vale ressaltar que, se o estrangeiro entrar ou permanecer em território nacional em situação irregular (sem o devido visto) e se não se retirar espontaneamente, poderá ser deportado, seja para o país da nacionalidade do estrangeiro, seja para o país de procedência do estrangeiro, ou ainda, para outro país que consinta em recebê-lo. Essa situação, ainda que anômala e pouco usual, pode ocorrer em determinados casos".

Eu e Miriam tínhamos que pensar em uma solução. Digo tínhamos porque já me sentia parte de sua vida. Voltei a falar sobre a possibilidade de irmos à Alemanha, mas ela — como da outra vez — mostrou-se irredutível, dizendo que não se acostumaria com a vida lá fora.

Nós passamos alguns dias hospedados em outro hotel, já que aquele em que eu estava — dizia ela — lembrava muito seu pai.

Na semana seguinte, sentados à beira da praia de Copacabana, fomos abordados por um quase senhor, de cabelos grisalhos e sotaque português. Miriam parecia conhecê-lo de longa data, e não se mostrou muito feliz ao vê-lo.

Tempos depois saberia quem ele era. Não o que era, pois isso ele fez questão de me contar.

Todos o chamavam de seu Mário. Era dono de duas ou três termas no Rio de Janeiro. Começara a vida na pobreza, como garçom nas ruas do centro. O convívio em meio a poderosos e à prostituição permitiram que ele enxergasse um novo horizonte. Mais repleto de dinheiro e poder. Ele juntou dinheiro durante seus três primeiros anos no Brasil, e depois, em sociedade com outro português, abriu uma terma no centro, bem ao estilo "inferninho", com garotas cobrando não mais de quarenta reais por um programa.

— Marcela sabe — falou, em tom de prazer — os negócios cresceram.

E como haviam crescido. O inferninho fez sucesso. Seu Mário levava jeito para o negócio. Dizia odiar ter relações sexuais com garotas de programa. Parecia-me a mesma história do traficante que é completamente contra o uso de drogas. Entorpecer-se é sinal de fraqueza. E Mário sabia bem disso. Agora, ele controlava metade das garotas de programa de Copacabana. Andava sempre armado, ao lado de dois seguranças, em um carro preto. De certo era o cafetão mais conhecido de toda a cidade.

Logo notei que Miriam trabalhava para ele.

— Não tens vontade de investir no Rio? — ele quis saber, acendendo um charuto e dando um gole no uísque.

No mesmo instante notei que tal encontro pudesse ter sido armado por Miriam. Encarei-a de forma furtiva, esperando uma resposta que não veio.

— Estou bem na Alemanha. Tenho uma vida — como posso dizer — normal.

— Ser normal é meio entediante, não acha? O mercado está em forte expansão. Este é o momento ideal de investir.

— Abrindo uma casa de prostituição? — disparei não me importando com as conseqüências.

Mário riu exaustivamente, como se tivesse acabado de escutar a piada mais engraçada do mundo.

— "Termas" só nos trazem problemas. Não é algo a se abrir do dia para a noite. A polícia simplesmente vai lá e fecha. Apenas os grandes se mantêm de pé. Eu estou me referindo a outro tipo de negócio. E este é ideal para você — falou, terminando de tomar seu uísque e jogando um cartão sobre a mesa. — Caso tenha interesse, pergunte à Marcela — continuou, apontando para a garota, estarrecida de medo e vergonha. — Tenho que ir.

Esperei um bom tempo até ter certeza de que o senhor havia desaparecido, para então perguntar o que tinha acabado de acontecer.

— Desculpe — ela falou, constrangida. — Eu disse que não iria morar na Alemanha.

— Mas o quê acabou de acontecer? Não entendi absolutamente nada.

— Ele é meu patrão. Aliás, de quase todas as garotas.

— Eu percebi. Não é esta a minha pergunta.

— Quer saber se eu armei tudo? Armei. Estou devendo dinheiro a ele.

— Quanto?

— Muito. Não queira saber — falou, encostando os dois cotovelos sobre a mesa e enfiando a cabeça através dos braços.

— Podemos ir embora! Ele nunca nos achará! — bati na mesa, causando o barulho do impacto dos talheres de metal contra a mesa.

— E minha mãe? Meu irmão? Não é assim. Ele sabe cada detalhe de cada uma de nós — explicou, quase que ao pé do ouvido. Mesmo sem ninguém próximo a nós, Miriam demonstrava bastante medo. — Você me ama? — perguntou, segurando minha mão.

— Claro que amo — respondi, encarando-a com ternura.

— Então, preciso da sua ajuda. Preciso que aceite a oferta de seu Mário. Só assim poderei ficar livre dele. E nós poderemos ficar juntos. Para sempre.

"SÃO PAULO (Jornal O Globo) — Prisões de mulheres por tráfico crescem 76,1% este ano. O número de mulheres presas por envolvimento com o tráfico de drogas aumentou 76,1%. O Departamento de Investigações sobre Narcóticos (Denarc) prendeu 148 mulheres de janeiro a agosto deste ano. No mesmo período de 2005, 84 criminosas haviam sido capturadas. A grande maioria das acusadas tinha emprego, sonhava com ascensão social e, por isso, aceitaram fazer o trabalho de 'mulas' — pessoas recrutadas pelo tráfico para transportar drogas. Para determinados serviços, como viagens internacionais, as mulas chegam a ganhar US$ 3 mil e ignoram riscos de serem presas, assassinadas e até mesmo de morrer devido ao rompimento de uma cápsula recheada com cocaína em seu estômago, onde costumam transportar o entorpecente para a Europa. No Brasil, o quilo da cocaína com 50% de pureza custa cerca de US$ 4.500. Na Europa, o valor é de US$ 25 mil. No Leste Europeu o preço da droga atinge US$ 50 mil e, em países do Oriente Médio e no Japão, a cocaína vale até US$ 100 mil. A maioria das mulas presas declara à polícia que trabalha como balconista, recepcionista, dançarina, estudante. Algumas são prostitutas".

Miriam me contou sua história. Há seis anos havia trabalhado como "mula" para Seu Mário. Levara cocaína quatro vezes para a Europa. Na quarta, e última vez, seu destino fora justamente a Alemanha. Porém, não obteve êxito como nas outras vezes. Fora pega no aeroporto de Berlim com um quilo de cocaína e deportada para o Brasil. No Brasil, cumprira uma pena de dois anos, depois de acordos judiciais. Este era o motivo de ter desaparecido de casa. Não queria dar o desgosto de seus familiares conhecerem seu passado podre. Mesmo após ser libertada, ela continuava em dívida com Mário. Afinal, segundo sua história, ela perdera muito dinheiro.

— Pensei que fosse uma forma rápida e fácil de ganhar dinheiro. No entanto descobri o gosto amargo do erro — contou no quarto de hotel.

Agora sim eu sabia o porquê de ela relutar tanto em viajar comigo na Alemanha. Provavelmente nunca conseguiria entrar, legalmente, em nenhum país da União Européia. As normas são bem rígidas para traficantes estrangeiros, principais, os vindos dos chamados "países em desenvolvimento".

Ao telefone, conversando com Mathias, escutei ele berrar em alemão: Você é um idiota! Esta mulher o está enganando! Olhe a que ponto nós chegamos!

— Estou apenas pedindo um favor para você.

Mathias ficou em silêncio. Pude escutar o eco da ligação internacional, e sua respiração ofegante. Em seguida, com a fala ponderada, falou que tentaria me ajudar. Contudo, explicou que ainda não concordava com a minha atitude. Amigos como Mathias eu não encontraria em duas vidas. Foi isso que ele falou e não pude discordar. Realmente, Mathias era um bom amigo.

Encontrei com seu Mário em uma de suas casas, no centro do Rio. Disse que estava tudo acertado. Ele explicou as minúcias de seu "negócio".

— Cidadão de países como o Brasil não necessitam de visto de entrada na Comunidade Européia para um período igual ou inferior a três meses. Não teremos problema quanto a isto. Pode ficar despreocupado.

Ficar despreocupado era a única coisa que eu não conseguia no momento. Meu pai me ligara logo pela manhã perguntando quando — e se iria — retornar à Alemanha. Enquanto ele divagava sobre os problemas do hospital, e da saudade, eu me questionava a respeito de minha sanidade. Que caminhos eu estava trilhando? Seria um idiota apaixonado? Persuadido e ludibriado por uma paixão? Perguntas difíceis demais a serem respondidas. E logo quando figuramos em uma situação tão inusitada como aquela.

No hotel, Miriam deu saltos de alegria ao escutar que estava tudo acertado. Faríamos isso apenas algumas vezes e depois ela estaria livre. Mário também havia me garantido que conseguiria um passaporte falso para ela, o que daria livre acesso à Alemanha. Apesar de saber da gravidade do que faria, achava que — por outro lado — seria recompensado.

"Artigo: Processos imigratórios em uma perspectiva histórica: um olhar sobre os bastidores (de Lená Medeiros de Menezes) — Nas duas últimas décadas, denúncias do tráfico de jovens brasileiras para a Europa, recorrentemente, têm sido estampadas nos jornais. A esta rota direcionada de sul para norte associa-se aquela que tem na Europa Oriental seu ponto de irradiação, como fruto de sua abertura para o ocidente e para o capitalismo. A queda do Muro de Berlim e a desintegração da União Soviética, nesse caso específico, parecem ressuscitar processos que pareciam mortos desde que o comunismo, concretizado como proposta apresentou-se como redenção. Não só o turista vê-se assediado por prospectos de agências variados diariamente jogados por baixo da porta de seus quartos de hotel — inclusive os bem conceituados — como é colocado como espectador de um verdadeiro festival pornográfico nas telas da TV, no qual os seios siliconados oferecem um espetáculo bizarro. Para a Comissária da União Européia para Assuntos de Imigração e Tráfico de Mulheres (OIM), o tráfico configura-se como um negócio mais lucrativo e menos perigoso do que o tráfico de drogas. Enquanto este pode representar condenações que variam de 10 a 12 anos de prisão, aquele tem penas que não excedem 1 ou 2 anos, sendo muito mais difícil de ser caracterizado e comprovado, graças à complexidade das relações existentes entre as partes envolvidas e a rede de comprometimentos que, inevitavelmente, envolve todos os atores da trama".

"BRASÍLIA (Jornal O Globo) — O tráfico internacional de mulheres se tornou um crime cada vez mais comum nas apurações da polícia brasileira. Só em 2005, a Polícia Federal abriu 119 inquéritos para investigar o tráfico de brasileiras para Portugal e Espanha, entre outros países. O número é três vezes maior do que as 42 investigações sobre o assunto iniciadas em 2002, informa a edição deste domingo de O GLOBO. Não existem informações seguras sobre os valores envolvidos nas transações com brasileiras. Mas pesquisadores da Organização das Nações Unidas (ONU) acreditam que as redes de prostituição podem faturar até US$ 30 mil com cada mulher traficada".

O esquema de Mário me faria ficar mais alguns meses no Brasil. Nós abrimos uma espécie de ONG, localizada bem no coração do centro do Rio, destinada a ajudar garotas de programas que desejavam mudar de vida. A fachada do prédio nada dizia. Mas o boca-a-boca foi se espalhando pelas casas noturnas e termas de Mário, que nunca se escondia atrás de mim e Miriam. Nenhuma delas poderia saber que seu próprio patrão estava oferecendo uma proposta para que mudassem de vida. O plano viria abaixo na mesma hora.

Nossa primeira visitante foi Clarissa, uma morena muito bonita e bem vestida. Ela relatou todas as dificuldades que enfrentara como prostituta. Contou que uma vez fora amarrada em uma cama, por um turista, que — com um cigarro — queimou todo seu corpo, durante quase uma hora. Depois disse já ter tido o revólver apontado para o seu rosto, entre outras coisas bizarras demais para serem contadas em público.

— Como vocês trabalham?

— Nós enviamos garotas para o exterior. Conseguimos uma moradia e um emprego. Tudo na base da legalidade — mentia Miriam, para cada uma que entrava. — Não é o mesmo que se pode ganhar no Brasil, mas a qualidade de vida é imensamente maior.

Eu, ao seu lado, ou no quarto dos fundos, não entendia uma palavra. Todavia sentia meu coração tão pequeno como do tamanho de Mônaco. O que eu estava fazendo? A pergunta não saía da minha cabeça. E persistiu até enviarmos a primeira garota à Alemanha.

— Conseguiu buscá-la no aeroporto? — perguntei a Mathias. Nós estávamos nos falando através de dois orelhões: um em cada país.

— Levei a mercadoria até o comprador — falou, em tom jocoso e de reprovação. — Mais quantas virão?

— Só mais alguns meses, Mathias. Mais alguns meses. — nós havíamos gasto um mês para alugar o sobrado, mais um para listar as meninas e agora estávamos na fase do envio. O lucro era dividido de forma igualitária com Mário. Meio a meio. Quinze mil para Marcela e quinze para ele. O homem que Mathias se referia era nosso contato na Europa. Ele se encarregava de levar as meninas para a casa de prostituição, onde eu não fazia idéia do que aconteceria. Com certeza elas não seriam aprisionadas. Mas não teriam condições de retornar ao seu país, o que não deixa de ser um trabalho escravo. Eslovênia, Rússia, Espanha e Eslováquia eram os destinos prediletos e mais lucrativos na rota do tráfico de mulheres.

Depois do trabalho, Miriam tinha o costume de jogar o dinheiro em cima da cama e deitar-se sobre ele.

Deslumbrada, ela dizia que me amava, e fazia questão de fazer amor em cima dos dólares. Iludido — ou não — eu acreditava em cada palavra.

— Vai ajudar a sua mãe? — perguntei um dia, enquanto tomávamos banho.

— Estou ajudando — ela respondeu.

Foi aí que descobri sua primeira inverdade. Não sei como, mas sua mãe descobrira nosso telefone e deixara uma mensagem na secretária eletrônica dizendo que precisava de ajuda.

Assim como fechava os olhos para tudo, fechei meus olhos para a mentira. Contudo, no dia seguinte, saí com uma mochila contendo dez mil dólares. Entregaria pessoalmente para a mãe de Miriam, sem que ela ficasse sabendo. Dei uma desculpa de que precisava resolver alguns papéis no consulado alemão e ainda perguntei antes de sair: Mário já conseguiu arrumar seu passaporte?

— Está conseguindo. Ele deu um prazo de dois meses.

O prazo sempre era estendido. De dois em dois meses. Já estávamos a quatro meses no Brasil e não agüentava mais o ambiente de instabilidade. E foi naquela mesma manhã que dei meu ultimato: se ele não arrumar em dois meses, eu vou embora. Se quiser, venha comigo. Podemos ir para onde quisermos.

Miriam, pouca atenção deu ao que falei. Ela limitou-se a menear com a cabeça, enquanto vestia um vestido novo que havia comprado.

Ao vê-la sair, liguei para Mathias. Começava a ficar desconfiado com as coisas. Pedi que ele seguisse o destino da próxima menina.

— Pode ser perigoso.

— Eu que posso estar em perigo.

— Você procurou o perigo, meu amigo — suas palavras em nada fugiam à verdade. Porém, agora eu precisava me livrar dele. Mesmo assim, ainda continuava a acreditar em Miriam. Ela poderia, de fato, estar disposta a ir embora comigo.

"Wikipedia — A exploração sexual é o meio pelo qual o indivíduo obtém lucro financeiro por conta da prostituição de outra pessoa, seja em troca de favores sexuais, incentivo à prostituição, turismo sexual, ou rufianismo. No Brasil, a exploração sexual de crianças e adolescentes é crime previsto no artigo 244 do Estatuto da Criança e do Adolescente. Quem cometer o crime está sujeito a pena de 4 a 10 anos de reclusão, além da multa. Já o abuso sexual de menores corresponde a qualquer ato sexual abusivo praticado contra uma criança ou adolescente. É uma forma de abuso infantil. Embora geralmente o abusador seja uma pessoa adulta, pode acontecer também de um adolescente abusar sexualmente de uma criança. Num sentido estrito, o termo "abuso sexual" corresponde ao ato sexual obtido por meio de violência, coação irresistível, chantagem, ou como resultado de alguma condição debilitante ou que prejudique razoavelmente a consciência e o discernimento, tal como o estado de sono, de excessiva sonolência ou torpeza, ou o uso de drogas, bebidas alcoólicas, anestesia, hipnose, etc. No caso de sexo com crianças pré-púberes ou com adolescentes abaixo da idade de consentimento (a qual varia conforme a legislação de cada país), o abuso sexual é legalmente presumido, independentemente se houve ou não violência real. As conseqüências de uma violência sexual praticada contra crianças e adolescentes podem ser físicas, psicológicas ou

de comportamento, todas igualmente prejudiciais para quem sofre a violência".

— Eu recebi o recado da senhora — depois de meses no Brasil, eu começava a conseguir formar frases e entender um pouco do que as pessoas falavam. Precisava apenas de uma conversa lenta e pausada.

— Por que ela não veio? — perguntou a mãe de Miriam, assustada com minha presença.

Menti que Miriam tinha tido um contratempo e me mandara em seu lugar. Da mochila tirei o dinheiro, colocando-o em cima da mesa da cozinha.

— Creio que dê para vocês viverem bem — falei, misturando um pouco do espanhol, que havia aprendido na faculdade, com o português.

— Você sabe, não sabe?

A pergunta soou como curiosa. Não tinha certeza se havia entendido corretamente ou se minha deficiência no idioma permitira-me errar.

— Eu sei?

— Eu não tive culpa. Miriam me obrigou a colocar a droga na mochila de Claudinho — disse, começando a escorrer um pouco de lágrimas de seus olhos tristes.

— Do que a senhora está falando?

— Miriam odeia o pai. Não a culpo. O que ele fez com ela, quando criança, é algo totalmente reprovável. Mas isso mudou o caráter de Miriam. Ela nunca mais foi a mesma pessoa. Seu lado humano perdeu-se há muitos anos.

Esforçava-me ao máximo para entender a conversa, mas ainda me fazia de incompreendido. Do que sua mãe estava falando? Mesmo assim, a senhora continuava a falar, parecendo não dar a mínima para a conexão de idéias.

— Ela armou a briga do pai com o irmão. Sabia o que iria acontecer.

— A senhora não sabe — falei, interrompendo sua frase.

— Miriam deixou o lar porque foi presa. Não foi uma decisão. Ela fez uma escolha errada.

A senhora começou a rir. Rir com desprezo. Um sorriso assustador.

— Então Miriam conseguiu enganá-lo também? Não se culpe. Você não é o primeiro.

— Como assim? Não sou o primeiro? — perguntei, dando um passo para trás, e observando tudo ao meu redor.

— Ela disse que foi presa por tráfico. Dois anos e depois saiu. Agora trabalha para um cafetão e tem uma dívida com ele. Sempre a mesma história.

— É mentira? — indaguei completamente em estado de choque.

— A pena por tráfico é de dez a quinze anos. Ela nunca conseguiria ficar apenas dois anos presa. Meu filho, você tem que fugir. O mais rápido possível. Miriam não é uma boa pessoa.

— A senhora está mentindo! — gritei, afastando-me dela.

— Está dizendo isso apenas porque está com raiva.

Mais uma risada assustadora. A senhora, ao invés de me encarar, desprezou minha presença, entregando-me um copo com água e pedindo paciência.

Matei o copo em dois goles, aliviando o calor interno que percorria meu corpo. Ao colocar o copo em cima da mesa, pude vê-la andar até outro cômodo, me deixando sozinho.

— Volte aqui! — pedi, vendo a porta ser trancada. — Merda! — esbravejei, em alemão, levando uma de minhas mãos à cabeça. — Merda! — repeti, agora, já com a visão turva. Segundos depois estava caído ao chão. Sem consciência.

"Segundo Vivian Fernandes, o golpe "Boa noite Cinderela" é um coquetel de drogas, dentre as quais: Lorax, Rohypnol, Lexotam, GHB (ácido gama-hidroxibutírico) e Ketamina (Special K). Elas são encontradas normalmente na forma de comprimidos ou líquidos. Essas drogas agem diretamente no sistema nervoso central, podendo provocar amnésia durante a intoxicação. A pessoa perde a consciência de seus atos, a capacidade de discernimento, apresenta dificuldade de resistir a ameaças, se sujeita a ordens de estranhos, entre outros. Devido aos efeitos apresentados, essas substâncias são muito utilizadas por assaltantes e agressores que dopam a vítima a fim de assaltá-la ou abusar sexualmente, sendo, portanto, denominadas também de "rape drugs" (drogas de estupro). Nas estatísticas levantadas nos últimos anos, foi constatado que é um dos golpes mais aplicados no Rio de Janeiro, tendo como suas principais vítimas turistas, que são abordados nas praias ou nas boates".

"Jornal Zenit.org (O mundo visto de Roma) — CIDADE DO VATICANO, quinta-feira, 8 de novembro de 2007 (ZENIT.org) — A Santa Sé ergueu a voz para exigir que se protejam juridicamente os imigrantes, em particular as mulheres e os menores de idade, que com freqüência convertem-se em vítimas impotentes de abusos sexuais ou de redes de prostituição. Segundo

Dom Monteiro, os abusos, inclusive os sexuais, que afetam os menores e os imigrantes, especialmente as mulheres, propõem numerosos problemas de caráter moral e jurídico. Em particular, seguiu denunciando, o tráfico de seres humanos afeta sobretudo as mulheres e está aumentando precisamente onde são frágeis ou proscritas as possibilidades de reagrupamento familiar, de melhoria das condições de vida ou simplesmente de sobrevivência. Estas situações facilitam a ação criminosa de traficantes, que oferecem falsas esperanças a vítimas que ignoram o que as espera, destinando mulheres e moças jovens a ser exploradas praticamente como escravas e oferecendo ao mesmo tempo uma expressão concreta à cultura hedonista, que promove a exploração sistemática da sexualidade, afirmou".

Acordei não sei quantas horas depois, jogado bem no meio da rua. Atordoado, percebi que nada meu fora levado. Minha cabeça assemelhava-se a uma panela de pressão, pronta a explodir.

De meu celular, caminhando com passos largos pelas ruas e vielas desconhecidas, escutei Mathias dizer em tom tão desesperador como o meu: — Você não acredita o que eu descobri!

O que seria agora? Pensei, quase desmaiando de tanto nervosismo.

— Eles estão enviando garotas menores de idade também! — cuspiu, com força. As palavras pareciam sufocar sua fala.

— O quê?! — fiz sinal para o primeiro táxi que vi passar e indiquei o endereço do hotel. No telefone, bastante agitado, me mantinha na linha com Mathias.

— Pegue suas coisas no hotel e procure o Consulado da Alemanha o mais rápido possível!

— Impossível — falei, observando a paisagem do subúrbio afastar-se lentamente. — Ele fica em São Paulo, a seis horas do Rio de Janeiro!

— Então corra para bem longe do hotel!

— Vou ver o que faço — falei, desligando o telefone na cara de Mathias.

Eu me sentia tão assustado, que não sabia nem o que pensar.

Saltei do veículo e logo dei de cara com uma enorme aglomeração de pessoas, ao som de batidas de tambores. Era o tão famoso bloco "Banda da Sá Ferreira" que se concentrava na Rua Sá Ferreira com a Avenida Atlântica. Espremendo-me em meio às pessoas, tentava encontrar a entrada do hotel. Depois de ficar quase sufocado, e atordoado com o barulho, consegui achar o lugar.

Preferi as escadas ao elevador. Tinha medo de ser visto por alguém. Àquela altura, eu não poderia confiar em ninguém. Sem amigos. Sem nada. Tudo que me restara era a decepção. Na porta do meu quarto, vi que ela estava arrombada. Ao entrar, notei que ele estava todo remexido.

— Meu Deus! — falei, enxugando meu rosto suado.

Comecei a procurar minha mala. Em vão. Assim como todos os meus documentos. Eles haviam simplesmente desaparecido. Alguém os levara. Mas quem?

Corri para fora do quarto, e bem de longe, ao final do corredor, pude ver sobre o carpete verde escuro, dois homens vestidos de preto. Cada um empunhava uma pistola em minha direção. Um deles, o mais alto e negro, gritou: Parado! Polícia Federal!

Aflito, dei as costas para os dois. Escutei alguns disparos. Comecei a descer os degraus. De dois em dois. De três em três. Até saltar uma fileira inteira de degraus por vez.

Pelas ruas, misturei-me ao bloco. Minha expressão, ao contrário dos que se divertiam nas ruas, procurava uma solução. Pouco dinheiro me restara. Conseguiria, no máximo, pegar um táxi até o centro. E foi o que fiz. Por mais que a mãe de Miriam tivesse me assustado, minha namorada poderia ser minha única salvação. E eu ainda não tinha certeza de quem eram os homens. Poderiam ser policiais atrás de nós. E se fosse mesmo este o caso, sua vida também corria perigo. Pior ainda era pensar em inimigos de Mário, descontentes com seu negócio. Tudo se mostrava muito atordoante. Minha vontade não ultrapassava a de enfiar a cabeça em um buraco, ou pedir para Mathias me acordar do pesadelo no qual havia me deixado envolver. Mas agora, naquele exato momento, só me restava buscar uma explicação para tudo; e uma salvação para minha vida.

E foi isso que tentei fazer. Mesmo sabendo que algo inimaginável aguardava por mim.

"Segundo Rosita Milesi A expulsão do estrangeiro que se encontre em território brasileiro está disciplinada na Lei 6815/80, nos artigos 65 a 75 e no Decreto 86.715/81, art. 100 a 109. Sem nos determos à análise e discussão, no campo doutrinal, sobre o instituto da expulsão, buscaremos explicitar o seu tratamento e aplicação nos termos em que o estabelece o Estatuto do Estrangeiro e o correspondente Decreto de Regulamentação. O artigo 65 (Lei 6815/80) determina: "É passível de expulsão o estrangeiro que, de qualquer forma, atentar contra a segurança nacional, a ordem política ou social, a tranqüilidade ou moralidade pública e a economia popular, ou cujo procedimento o torne nocivo à conveniência e aos interesses nacionais. Já a deportação, consiste em fazer sair do território brasileiro o estrangeiro que nele tenha entrado clandestinamente ou nele permaneça em situação de irregularidade legal, se do País não se retirar voluntariamente dentro do prazo que lhe for fixado (art. 57). Segundo estabelece o art. 98, do Decreto 86.715/81, o estrangeiro que entrou ou se encontra em situação irregular no país, será notificado pela Polícia Federal, que lhe concederá um prazo variável entre um mínimo de três e máximo de 8 dias, conforme o caso, para retirar-se do território nacional. Se descumprido o prazo, o Departamento de Polícia Federal promoverá a imediata deportação".

— Miriam, nós temos que fugir! — falei, segurando-a pelo braço e a puxando para fora do escritório.

— O que aconteceu, querido?

— A Polícia Federal. Ela está atrás de mim. De nós. Não sei! — expliquei, abrindo meus braços. — Temos que ir rápido!

— Espere um minuto, tudo bem? Preciso fazer uma ligação — ela falou, tirando o celular do bolso e afastando-se de mim.

Como em um instinto, segurei-a pelo ombro, perguntando para quem ela ligaria.

— Para Mário. Ele deve saber o que está acontecendo.

Em seguida Miriam sumiu durante alguns segundos, retornando a meu encontro. — Vamos — ela disse, pegando sua bolsa e a chave do carro.

— O que Mário falou?

— Que a Polícia Federal descobriu tudo. Está atrás de nós.

— Roubaram meu passaporte! — falei atônito.

— Está aqui. — Miriam tirou meu passaporte do bolso, entregando para mim. — Nós pegamos. Mário sabia que isso iria acontecer.

— Meu Deus — esbravejei, tomando um hausto de coragem para seguir em diante. — Temos dinheiro suficiente para atravessarmos a fronteira?

Miriam meneou a cabeça em afirmativo, continuando a dirigir. O carro foi guiado até a Barra da Tijuca, depois Recreio dos Bandeirantes, zona Norte da cidade, até chegar a um lugar bem deserto, próximo à praia de Grumari.

Miriam então jogou o carro no acostamento, acionando o pisca-alerta. — Nós não vamos atravessar a fronteira.
— O que você quer dizer com isso?
— Volte para a Alemanha e esqueça tudo o que aconteceu aqui — ela pediu, fitando-me com profundidade. Não mais se parecia com a meiga garota por quem eu me apaixonara.
— Era tudo mentira, não era? O tráfico. Sua falta de passaporte. A dívida. Os policiais federais. Tudo mentira. Tudo faz parte do plano, não faz? Eu sou apenas mais um, não sou?
— Desculpe.
Desculpe. Uma palavra fria, sem emoção alguma. Foi tudo que ela pôde dizer, antes de destravar o pino do carro, e ver a porta ser aberta pelo mesmo homem negro, que me puxou para fora.
— Agora é conosco, Miriam — ele sorria, e entre seus dentes, podia-se notar uma armação de ferro. Seu cabelo, crespo e raspado, e seu alto porte físico meteriam medo em qualquer homem-médio.
— Obrigado, Garcia — despediu-se Miriam, ligando o carro.
— Miriam! — gritei desesperado. — Não me deixe aqui!
— Vamos — o homem me segurou pelo pescoço. Enquanto isso notava o carro de Miriam se afastar. Se afastar para bem longe.
Fui algemado e jogado no banco de trás, ao lado de outro homem negro, com um porte ainda mais avantajado.
— O que vocês farão comigo?
— O que você acha? — perguntou o homem ao meu lado, soltando uma risada demoníaca.
— O doutor prefere ser enterrado onde? — agora era a vez de o motorista falar.

— Me deixe voltar para a Alemanha. Prometo que não contarei nada para ninguém — ao mesmo tempo em que falava, disfarçadamente, com as mãos para trás, eu discava de meu celular o número de Mathias.

— Muitos já prometeram o mesmo, e não cumpriram. Sinto muito, amigo.

A partir daquele momento, supondo que Mathias pudesse ter atendido ao telefone, comecei a falar rápido e alto em alemão. — Esse cara está fazendo o quê?! — indagou o motorista, mostrando-se furioso.

— Não sei — respondeu o outro, começando a me revistar.

Por sorte, tive tempo de dizer tudo o que precisava.

— Mathias, eu estou em perigo. Era tudo uma farsa. Contate a polícia agora mesmo! Peça para eles procurarem uma senhora. O papel está em cima da escrivaninha do hotel em que eu estava hospedado.

Ao término da frase, o brutamonte percebeu meu aparelho ligando, acertando-me com um forte soco no rosto e jogando meu aparelho pela janela. — Ficou maluco? Queres morrer?

— Eu irei morrer de qualquer jeito — disparei, com o rosto inchado e repleto de sangue.

— Você falou com quem ao telefone?! — perguntou o motorista, me dando uma cotovelada. — Com quem?!

— Com um amigo. Na Alemanha. Ele está a par de tudo.

— Droga! — gritou o motorista, encostando o carro, na estrada ainda deserta.

De fora do veículo, tudo o que pude ver foi ele pegar seu celular e ligar para alguém, o qual eu deduzi ser Mário. Sua fala durou menos de um minuto, e ao voltar, ele me empurrou para fora do carro, tirando minhas algemas.

— Teve sorte, seu filho da mãe — falou, lançando-me outro soco no rosto.

Na verdade, não sei o que aconteceu. A única coisa que sei é que na mesma hora parti para cima do primeiro deles, acertando um soco em seu queixo. Um sentimento de fúria tomou conta de meu corpo. Não me importava mais com a morte. O outro avançou em minha direção. Segurei-o pela cintura, jogando-o ao chão. De seu bolso, saquei sua pistola, encostando-a em seu rosto.

— Mais um movimento e mato seu amigo — falei para o outro, já de pé.

Fiz os dois erguerem as mãos, ao passo que entrei no carro, dando partida na ignição.

Agora, com a arma repousada no banco do carona, iria atrás da vingança. Poderia muito bem voltar a meu país natal, mas nunca me perdoaria por isso. Eu havia sido usado. Usurpado. De corpo e alma.

"RIO DE JANEIRO (Jornal O Globo) — Polícia procura chefe de esquema de tráfico de mulheres. Dez suspeitos foram detidos em três estados na quinta-feira. Espanhol seria chefe da quadrilha. A prisão preventiva dele já foi decretada. A Polícia Federal prendeu pelo menos dez pessoas suspeitas de envolvimento em uma quadrilha que exportava mulheres da América do Sul para a Europa. A Interpol ajudou nas investigações e agora está à procura de um espanhol apontado como o chefe do grupo. Ele mora na Espanha e já está com a prisão decretada. A quadrilha contava com a ajuda de uma advogada, presa em Campo Grande (MS). Era ela quem preparava a documentação para embarcar as mulheres. Foram seis prisões só em Mato Grosso do Sul. Na cidade de Dourados, uma mãe e a filha dela foram para a cadeia. Segundo a polícia, elas ajudavam no recrutamento. As investigações mostram que os aliciadores pagam todos os custos da viagem, mas na Espanha as mulheres são obrigadas a entregar os passaportes para os chefes do esquema e têm a liberdade cerceada. Até agora, a polícia já identificou 60 mulheres que vivem nessas condições — 18 são brasileiras".

Hospedei-me numa espelunca no centro do Rio, à espera de um telefonema de Mathias. Três dias de angústia, até o recepcionista avisar que havia uma ligação internacional à minha espera.

— Tudo pronto — contou, sendo breve. — Tem certeza que quer fazer?

Tinha mais certeza do que nunca. Não mais me mostrava, nem tinha a imagem de um homem ordinário. Se o Rio de Janeiro ou a Praia de Copacabana haviam me ensinado alguma coisa era de que não se pode fugir de seu destino. E que destino, ao contrário do que muitos pensam, não é o ponto final, mas o paralelo do caminho traçado por cada um de nós.

Existe um famoso poeta carioca que diz que Copacabana é a princesinha do mar. Eu tinha encontrado minha princesa, que se transformava em um pesadelo. Agora, tudo o que tinha de especial era a pistola que segurava em minha mão e a coragem do meu coração.

Invadi o clube de Mário. Sabia onde ele estaria. Onde sempre esteve. Entrei como um cliente comum, passando por senhores de terno e gravata, até o primeiro segurança. Não dei tempo de ele me render, apontando minha arma para ele. Rendido, coloquei-o na minha frente, até entrar no salão, repleto de mulheres seminuas.

Mário estava sentado bem em frente ao palco, assistindo a um show com uma mulher nua. Miriam, ao seu colo. Neste instante minha raiva era maior do que nunca. Ao ver os dois se beijando, não me contive, empurrando o segurança para o lado, pulando o palco e apontando a arma para Mário, que não teve tempo de tirar a sua da cintura.

— Vamos — falei, em português.

Ele riu com descaso. Ao contrário dele, Miriam demonstrou-se assustada. Para eles, eu já estaria bem longe. Na Alemanha. Mas eu me encontrava ali, na frente dos dois, pronto para fazer justiça. O som foi pausado imediatamente. Clientes e garotas começaram a correr, restando apenas alguns funcionários e os seguranças do local.

— Vamos para onde? — ele falou, fazendo sinal com os dedos para que os seguranças não interviessem.

— Para a praia. Praia de Copacabana — dei o ultimato, inclinando minha cabeça para o lado, indicando o caminho de saída.

— Tudo bem.

— Miriam vem conosco — exigi agora, apontando a arma para ela.

— Não pense que me falta coragem para puxar o gatilho. — falei, aproximando-me ainda mais deles.

— Não temos opção, temos?

— Vocês não me deram opção — falei.

Com os dois à minha frente, levei-os até o lado de fora, atravessando a famosa Avenida Atlântica, até as areias de Copacabana.

Meu coração pulsava como um reator atômico, disposto a disparar a qualquer minuto. Os seguranças me vigiavam de longe. Eu poderia atirar em Mário, mas seria alvejado na certa.

Parado, em meio ao deserto da praia à noite, eu pude ver a lua cheia. A lua cheia e a maravilhosa paisagem do Rio de Janeiro. Uma cidade tão bela, infestada de pessoas tão ruins, dispostas a apenas dizimar o nome e a credibilidade de um paraíso.

— Faça logo o que tens que fazer e vamos embora — disse Mário em tom jocoso, fitando seu relógio de pulso. — Tenho hora.

— Vocês armaram para cima de mim, não? — perguntei, com a arma apontada no meio dos dois, que se mantinham lado a lado. Ao mesmo tempo, prestava atenção em tudo ao meu redor. Havia pedido distância, e os seguranças — a maior parte formada por policiais — tinham respeitado.

— Ainda precisa perguntar? — brincou Mário, soltando uma expressiva gargalhada.

— A ONG. O envio de garotas ao exterior. A dívida de Miriam. Foi tudo armação, não foi?

— Tu és idiota ou algo do tipo? — questionou, abrindo os braços. — Claro que foi. Se isso o faz sentir melhor, tu não foste o primeiro idiota. Há vários por aí. Espalhados por Copacabana — continuou abrindo os braços e olhando para o céu estrelado.

— Nós não somos idiotas. Mesmo nos dias de hoje, ainda temos a cultura de acreditar nas pessoas. Você é repugnante. Digno de pena. Pessoas assim mancham por completo a imagem do Brasil, do Rio de Janeiro. As manchetes de jornais estão repletas de crimes praticados contra turistas. E quem perde? A cidade. O turismo. Hoje eu entendo que o Rio não é violento. O único problema é uma parcela suja da sociedade, que corrompe todos os segmentos.

— Discurso bonito, mas enfim, o que você pretende fazer? O Rio sempre foi e sempre será assim. Se há procura, há oferta. Todas as garotas que enviamos para fora. Nós damos uma oportunidade de uma vida melhor. Melhor do que ficar à mercê das ruas de Copacabana, em busca de clientes, alguns até perigosos.

— Por favor — falou Miriam, quebrando seu silêncio. — Vá embora. Volte para a Alemanha. Não quero que ninguém se machuque.

— Você já me machucou Miriam. Já me machucou — falei, com os olhos marejados. — Mais do que qualquer pessoa em toda a minha vida. Minha vida ordinária.

— Então o que vai fazer? Agir como um justiceiro? Chamar a polícia? Ela está aqui, comigo! — gritou, apontando para os seus homens. — Disparar contra nós, em plena praia de Copacabana?! — continuou, agora, soltando a mesma gargalhada de antes.

— Foi fazer melhor do que isso — concluí, abaixando minha arma.

> *"Ninguém pode construir em teu lugar as pontes que precisarás passar para atravessar o rio da vida. Ninguém, exceto tu, só tu. Existem, por certo, atalhos sem número, e pontes, e semideuses que se oferecerão para levar-te além do rio, mas isso te custaria a tua própria pessoa: tu te hipotecarias e te perderias. Existe no mundo um único caminho por onde só tu podes passar". (Friedrich Wilhelm Nietzsche)*

Dezenas de agentes da Polícia Federal, ajudados por policiais da Interpol saíram de todos os lugares possíveis, interceptando todos os seguranças de Mário. Neste exato momento, houve uma intensa troca de tiros. Tiros para todos os lados. Atordoado, não notei Mário puxar sua pistola. Ao voltar meu olhar para ele, só tive tempo de atirar. Bem em sua cabeça. Mário, desfalecido, caiu imediatamente no chão. Com medo, virei para trás. Os tiros continuavam. Dois agentes já tinham sido alvejados, sendo que restavam apenas três homens de Mário. Um deles começou a correr, enquanto os outros dois foram algemados pelos policiais da Interpol.

Distraído, não vi acontecer. Não vi Miriam pegar a arma de Mário, já morto, e apontar em minha direção. Tudo que aconteceu depois foi um disparo. Um disparo que acertou em cheio meu coração. Meu coração já despedaçado. Caí. Caí na areia. Na praia de Copacabana. O sangue acumulava ao meu redor. Miriam continuava de pé, com as mãos trêmulas, até dar outro disparo. Chorava. Chorava de dor e tristeza. A mulher que eu amava havia tirado a minha vida. Em todos os sentidos. E agora, eu nada mais podia fazer do que agonizar. Agonizar e sofrer. Deitado.

Os policiais tentaram prender Miriam, que já desarmada, lançou-se em cima de mim.

— Me perdoe! — pediu, em prantos.

Meu olhar já estava fraco e distante. Com a visão turva, via a mulher que mais havia amado em minha vida. Tudo o que eu queria — era mais uma vez — acordar do pesadelo que tinham me lançado. Tudo o que eu queria escutar era que ela realmente havia me amado. Não escutei tais palavras. Confesso que não conseguia escutar mais nada além do barulho das ondas. Miriam nunca me amara. Era uma coisa que eu tinha que aceitar. A última coisa a aceitar. Mas pelo menos, eu a havia amado. E acreditado em sua palavra. Se há uma virtude no homem, ela se mostrara para mim em meus últimos segundos de vida. Em meu último sopro de vida. Conheci agora a virtude do amor. Não um amor em forma de recompensa, mas um amor unilateral. Sincero e corajoso. A sinceridade havia me levado a ficar ao lado de Miriam, ou se preferir, Marcela. E coragem, agora eu jazia. Deitado. Em meio à areia da praia mais famosa do mundo. Em meio a Copacabana. A praia dos prazeres.

De tudo ficam três coisas:
A certeza de que estamos sempre começando...
A certeza de que precisamos continuar...
A certeza de que seremos interrompidos antes de terminar...

Portanto, devemos:
Fazer da interrupção um caminho novo...
Da queda, um passo de dança...
Do medo, uma escada...
Do sonho, uma ponte...
Da procura, um encontro...

(Fernando Pessoa)

FIM.

INFORMAÇÕES SOBRE NOSSAS PUBLICAÇÕES
E ÚLTIMOS LANÇAMENTOS

Cadastre-se no site:

www.novoseculo.com.br

e receba mensalmente nosso boletim eletrônico.

novo século®